백치

가볍게 읽는 도스토옙스키의 5대 걸작선

백치

표도르 도스토옙스키 지음
김인경 옮김

뿌쉬낀하우스

일러두기

1. 이 책의 러시아어 표기는 국립국어원의 외래어 표기법에 준함.

2. 이 책에는 주석을 대신하여 괄호에 간단한 설명을 넣었으며 이해를 돕기 위한 설명은 모두 역자의 것임.

3. 이 책의 번역 대본은 Златоуст 출판사의 〈Идиот〉(2013)임.

주요 인물

레프 니콜라예비치 므이쉬킨 공작 – 간질병으로 스위스에서 4년간 치료를 마치고 러시아로 돌아온 러시아 귀족. 순수한 영혼으로 인해 '백치'라 불린다.

나스타시야 필리포브나 바라쉬코바 – 귀족 가문의 아름다운 여성. 젊은 시절 그녀를 유혹한 토츠키의 정부가 되지만, 그녀를 돕기 위해 많은 것을 희생한 므이쉬킨의 동정을 불러일으킨다. 로고진의 사랑을 받는다.

파르푠 세묘노비치 로고진 – 상인 출신의 스물일곱 청년. 나스타시야 필리포브나를 정열적으로 사랑하게 되어, 막대한 상속을 받은 후 그녀와 함께 방탕한 생활을 한다.

예판친 가족:

리자베타 프로코피예브나 예판치나 – 므이쉬킨 공작의 먼 친척으로 예판친 장군의 부인

이반 표도로비치 예판친 – 페테르부르크 사교계에서 존경받는 부유한 장군

알렉산드라 이바노브나 예판치나 – 예판친 장군의 큰 딸, 25세

아델라이다 이바노브나 예판치나 – 예판친 장군의 둘째 딸, 23세

아글라야 이바노브나 예판치나 – 예판친 장군의 막내 딸, 가장 예쁘고 사랑 받는 딸

이볼긴 가족:

아르달리온 알렉산드로비치 이볼긴 – 퇴역장군, 거짓말쟁이에 술주정뱅이

니나 알렉산드로브나 이볼기나 – 이볼긴 장군의 부인

가브릴라(가냐) 아르달리오노비치 이볼긴 – 중인 계급의 야심찬 관리. 아글라야 이바노브나를 사랑한다.

니콜라이(콜랴) 아르달리오노비치 이볼긴 – 가냐의 막내 남동생.

바르바라 아르달리오브나 프티츠나 – 가냐의 여동생. 오빠와 나스타시야 필리포브나의 결혼을 반대하고, 오빠와 아글라야를 연결시키기 위해 예판친 집안에 들어간다.

이반 페트로비치 프티친 – 고리대금업자, 바르바라의 남편.

다른 인물들:

아파나시 이바노비치 토츠키 – 백만장자. 나스타시야 필리포브나를 겁탈하고 그녀의 아버지 사후 그녀를 정부로 삼는다. 그녀에게 7만5천 루블을 주고, 자신은 알렉산드라 예판치나와 결혼하고, 나스타시야는 가브릴라 이볼긴과 결혼시키려 한다.

이폴리트 – 콜랴의 친구로 폐병환자. 자신을 위대한 사람으로 생각한다. 자신에게 남겨진 두 달을 기다릴 수 없다.

루키얀 티모페예비치 레베제프 – 관리. '옷매무새가 단정하지 않은 신사', '40대로서 단단한 체격, 붉은 코, 여드름투성이 얼굴을 가진 자', 끊임없이 자신을 비하하는 대가족의 가장.

차례

차례

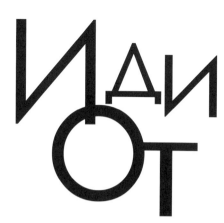

차례

제1부

I

11월 말 날씨가 따스했던 어느 날 오전 9시경 페테르부르크—바르샤바 구간 기차가 전속력을 다해 페테르부르크로 오고 있었다.

새벽 동이 터오를 때 즈음 한 3등석 열차 칸에서 창가에 두 명의 탑승객이 마주보고 앉아 있었다. 둘 다 모두 젊고 짐이 거의 없는 가벼운 옷차림이었으며, 서로에게 말을 걸고 싶어하는 눈치였다.

둘 중 한 명은 중간 키에 나이는 27살 정도, 검은 색 곱슬머리에 눈은 작고 회색이지만 눈빛 하나만큼은 이글거리고 있었다. 그의 입술은 얇았으며, 입가에는 뭔가 음흉한 미소를 계속 머금고 있었다. 이 남자는 두툼하게 입었지만, 반대편에 앉은 남자는 딱 봐도 11월 러시아 밤에 제대로 대비하지 못한 상태였다. 그는 겨울에 스위스혹은 북이탈리아와 같은 먼 외국에 나가는 여행객이 즐겨 입는 스타일의 통이 넓고 소매가 없는 큰 후드가 달린 코트를 입고 있었다. 그 역시 마찬가지로 26세 혹은 27세쯤으로 젊었으며 키는 약간 큰 중키에 숱이 많은 밝은 머리색을 지녔고, 볼은 움푹 패이고 턱수염은 거의 흰색에 가까웠다. 그의 눈은 크고 푸른 색이었으며 눈빛은 신중했다. 눈에는 병색이 느껴졌다. 검은 머리칼의 승객이 무례한 미소를 띠며 물었다.

"춥소?"

"매우 춥네요." 그의 맞은편 승객이 답했다.

"저는 우리 나라가 이렇게 추웠나 싶었을 정도였나 싶네요. 추위가 낯섭니다."

"해외에서 오시는가 봅니다만?"

"네, 스위스에서요."

대화가 시작되었다. 밝은 머리칼의 승객은 신경질환 치료 차 해외로 나갔다가 4년 만에 러시아로 돌아온다고 말했다.

"그래서, 완치가 되었소?" 검은 머리칼의 승객이 물었다. 밝은 머리칼의 승객은 "아니오, 아직 완치되지 않았습니다."라고 답했다.

"허, 틀림없이 돈이 많이 들었을 거고, 우리야 외국이라고 하면 무조건 신뢰하니까."

"정말 그렇다니까!" 허름하게 옷을 입은 하급 공무원

처럼 보이는 세 번째 남자가 말했다.

"다들 러시아 것은 거져 가져가면서 말입니다!"

"아, 근데 제 경우에는 잘못 생각하신 것 같습니다." 스위스에서 온 환자가 말을 이어갔다.

"제 주치의는 본인의 마지막 사비를 털어서 이곳으로 돌아오는 여비를 주었고, 거의 2년 동안 저를 위해 돈을 대 주었습니다."

"아니, 아무도 돈을 줄 사람이 없었던 거요?" 검은 머리칼이 물었다.

"네, 파블리셰프 씨가 그곳에서 저를 위해 돈을 대 주셨었는데 2년 전에 돌아가셨습니다. 그리고 나서 제가 이곳 대령 사모님 예판치나야 부인이자 제 먼 친척 되시는 분께 편지를 썼는데 답변을 받지 못했습니다. 그래서 이렇게 오게 되었습니다."

"어디로 가시는 거요?"

"그러니까 어디서 내릴 거냐 말씀이시죠…? 그러게 저도 아직 모르겠는데요 정말."

"제가 지금 누구랑 말하고 있는지 좀 알려주시죠." 갑자기 세 번째 남자가 밝은 머리칼에게 말을 걸었다.

"레프 니콜라예비치 므이쉬킨 공작입니다." 저쪽에 앉은 사람이 답했다.

"므이쉬킨 공작? 레프 니콜라예비치? 몰랐군요." 골똘히 생각에 잠긴 남자가 답했다.

"아, 한 가지 말씀드리자면!" 므이쉬킨 공작이 답했다.

"므이쉬킨 공작 가문 사람들은 이제 아무도 없습니다, 저만 빼고요. 제 생각엔 제가 마지막인 것 같습니다."

"아, 그럼 공작 당신은 거기서 유학이라도 하셨소이까?" 불쑥 검은 머리칼이 물었다.

"예… 공부했지요…"

"저는 무언가를 공부해 본 적이 한 번도 없소이다."

"아, 사실 저도 공부를 했다고 어디가서 말하기는 좀 그렇고, 약간 끄적댄 정도지요. 병 때문에 제가 뭔가를 체계적으로 배울 수 없었습니다."

"로고진 가문 사람들을 아시는지…" 검은 머리칼이 물었다.

"아뇨, 전혀 모릅니다. 러시아에서 제가 아는 사람은 극히 얼마 안 됩니다. 혹시 당신이 로고진 가문 사람이신지요?"

"예, 제가 로고진 파르폰이오."

"파르폰? 아 그럼 혹시 그 로고진 가의 그…" 하급 공무원이 힘주어 말하기 시작하였다.

"예, 바로, 바로 그 가문이오." 검은 머리칼이 재빨리 끼어들었다.

"예… 어떻게 이럴 수가 있지요?" 하급 공무원이 놀라

위했다. "세몬 파르표노비치 로고진, 한 달 전에 돌아가시고 250만을 현금으로 남기고 가신 그 분의 …"

"아, 그런데 그쪽은 그 분이 250만을 현금으로 남기고 갔다는 사실은 어디서 알았소?" 검은 머리칼이 말을 잘랐다.

"예, 제 부친께서 돌아가신 것은 사실이고, 한 달이 지나서야 프스코프에서 발바닥에 불이 나도록 빨리 집으로 가는 중이오. 5주 전에 저는 당신과 비슷했소." 하며 로고진은 공작을 쳐다 보았다. "보따리 하나 들고 부모님으로부터 도망쳐 프스코프에 계신 친척 아주머니 댁으로 갔소. 아마 그때 도망가지 않았더라면, 아버지가 저를 죽여놨을 거요. 프스코프에선 모두들 내가 아직 아픈 줄 알지만, 나는 한 마디도 안 하고 조용히 기차를 탔고 이렇게 가고 있지. 동생이면 마중이나 나올 것이지, 시몬 시묘니치! 동생이란 작자는 돌아가신 부친에게 제 험담을 늘어놨고 저도 잘 알고 있었소. 그 당시 저는 나스타시야 필리포브나라는 여자 때문에 부친을 열받게 했다오."

"나스타시야 필리포브나 때문이라고요?" 공무원이 무언가에 대해 생각하는 듯 물었다.

"당신은 알 리가 없지!" 로고진이 버럭 소리를 질렀다.

"무슨 소리입니까! 잘 압니다." 공무원은 의기양양하

게 대답했다. "이 레베제프는 안다고요! 바로 그 나스타시야 필리포브나 바라쉬코바, 저명한 귀족이자 나름 공작부인 칭호를 갖고 있으며, 지주이자 자본가인 토츠키 아파나시 이바노비치를 지인으로 두고 있고, 예판친 장군과도 친분이 있지요."

"아이쿠! 정말 당신 뭐요!" 결국 로고진도 정말로 놀라워했다. "이런 젠장, 이 사람 정말로 알고 있네."

"레베제프는 다 알고 있습니다!"

"진짜 그렇군."라고 로고진이 인정했다. "내가 그 당시에 말이죠, 공작, 넵스키 대로를 가로질러 달려가고 있었는데, 그 여자가 마침 가게에서 나와서 마차에 올라타고 있었소. 그 모습을 보고는 확 달아올랐소. 나는 그때 지인을 만나고 있는데, 그 인간이 나한테 너한테는 저런 공작부인이 어울리지 않는다고 말하며 그 여성의 이름은 나스타시야 필리포브나, 성은 바라쉬코바이고 토츠키와 동거 중이지만 토츠키라는 인간은 어떻게 하면 이 여자를 떼어낼지 궁리 중이라 하더군요. 왜냐하면 이제 토츠키는 쉰다섯이 되니 페테르부르크 도시 전체에서 최고 미인에게 장가들고 싶다는 것이었소. 그 남자가 나에게 말해 주었는데, 바로 그날 볼쇼이 극장에서 나스타시야 필리포브나를 발레 공연에서 볼 수 있을 것이며 그 여자는 고급 좌석에 앉아 있을 것이라 하더군. 그래서 어쨌든 은밀하게 뛰어가서 나스타시야 필리포브나를 다시 보았소. 밤새 잠을 이룰 수가 없었지. 아침에 아버지께서 저에게 각 5천짜리 은행 채권을 주면서 팔라고 하시며 7천5백은 안드레이 회계사무소로 갖다주고 돈을 지불하고 만 루블에서 남은 돈 갖고 어디로 새지 말고 당신에게 가져오라 했소. 은행 채권을 팔아서 돈을 손에 쥐고는 안드레이 회계사무소로 가지 않고, 한 눈도 팔지 않고 영국 상점으로 갔지. 흠, 귀걸이를 파는 상점에 가서 각각 거의 호두알 만한 다이아몬드 귀걸이를 골랐고, 400루블이 부족했는데 이름을 대니까 신뢰하더군. 귀걸이를 갖고 지인에게 가서는 "친구, 나스타시야 필리포브나에게 가세."라고 말하고는 함께 갔지. 그녀가 있는 홀로 바로 들어갔더니 직접 우리를 보러 나오더군. 그때에는 내가 나라고 소개하지 않았고, 제 지인이 "파르푠 로고진이 보내서 왔습니다."라더니 "어제 저녁을 기념하기 위해 드립니다. 받아 주시길 바랍니다."라고 말하더군. 그 여자는 선물을 열어 보더니 피식 웃었어. "친구 분이신 로고진 씨에게 신경 써 주셔서 감사 드린다고 전해주세요."라고 말하고는 그 자리를 떴지. 아, 대체 내가 왜 그때 그 자리에서 죽지 않았는지! 내 지인이란 작자는 웃더군. "아, 이제 자네 아버지인 시몬 파르표니치에게 뭐라고 보고 드릴 거냐?" 그때는 정말 집에 가는 건 고사하고 물에 뛰어들고 싶었다오. "이젠 나도 모르겠다. 될 대로 되라"는 심정으로 집으로 돌아왔소. 오자마자 아버지는 나를 붙들고 위에 가두어 놓고는 한 시간 내내 훈계 하시더이다. 어떻게 되었을 것 같았소? 아버지는 나스타시야 필리포브나에게 가서 울며불며 매달렸다오. 결국 그녀는 귀걸이 상자를 아버지에게 가져와서는 던져 주었습니다. "자, 턱수염 어르신, 여기 당신 귀걸이가 있습니다. 이런 일이 있었다니, 이 귀걸이의 원래 가격보다 10배는 더 귀하게 느껴지네요. 파르푠 시묘니치 씨에게 감사하다고 전해주시죠." 그러니까 나는 그 시간에 프스코프로 떠났고 마지막 남은 돈으로 술을 마시러 가서 밤새 거리에서 인사불성 상태로 누워 있다가 아침이 되니까 열이 나더군. 겨우 정신을 차렸단 말이오.

"오, 마침 도착했군요!"

실제로 이들은 역으로 들어섰다. 비록 로고진도 본인이 조용하게 떠나왔다고 말했지만, 이미 그를 기다리고 있던 사람들만 해도 몇 명이나 되었다.

"이런, 다들 있잖아!" 로고진은 구시렁 대더니 우쭐대다 못해 사악한 미소를 띠며 갑자기 공작에게 말을 걸었다.

"공작, 나도 왜 그런지는 모르겠는데 당신이 좋아졌소. 아마 이런 순간에 만나서 그럴 수도 있겠지만, 같은 순간 만난 저 치는(레베제프를 가리켰다) 정이 안 가오. 내가 있는 곳으로 오시오, 공작. 외투, 수트, 하얀 조끼도 맞춰드리고 돈도 드리고… 그리고 나스타시야 필리포브나에게 갑시다. 오시겠소, 안 오시겠소?"

므이쉬킨 공작은 일어나서 정중하게 로고진에게 손을 내밀며 공손하게 말했다.

"영광으로 여기며 기꺼이 찾아가겠습니다. 그리고 저를 좋아해 주시다니 감사합니다. 아마 오늘이라도 시간이 된다면 당장 찾아가겠습니다. 그런데 솔직히 말씀드리면 저도 당신이 매우 마음에 들어서 찾아간다고 말씀드리는 겁니다. 그리고 저한테 외투와 옷을 해 주신다고 말씀해 주셨는데, 그것도 너무 감사 드립니다. 사실 조만간 옷과 외투가 필요할 것 같거든요. 현재 저는 돈이 한 푼도 없는 상황입니다."

"돈은 생깁니다. 저녁이 되면 돈이 생길 겁니다. 오시지요!"

"암요, 생깁니다. 생기죠." 공무원이 말을 거들었다. "저녁에, 해가 지기 전부터 이미 생길 겁니다!"

"그런데 공작, 여자에 관심은 많으신지?"

"저, 저는, 아뇨, 아뇨! 저는 지병이 있어서 여자를 전혀 모릅니다."

"흠, 그렇다면." 로고진은 말했다. "공작, 당신은 완전

천상 유로지비(바보 성자)인데, 신은 당신 같은 사람을
사랑하죠."

곧 시끄러운 무리가 보즈네센스키 대로 쪽으로 사라
져 갔다. 공작은 리체이니 대로로 방향을 바꾸어야 했
다.

Ⅱ

예판친 장군은 리체이니 대로에서 약간 떨어진 곳에 위치한 본인 소유의 집에서 살고 있었다. 이 집은 훌륭했으며 집의 대부분은 세를 주고 있었고, 이 대단한 집 외에도 예판친 장군에게는 사도바야 거리에 커다란 집이 또 하나 있었는데, 이 집에서 나오는 수입도 적지 않았다. 그는 돈 많고 인맥도 좋은 사람으로 유명했다. 나이로 보면 예판친 장군은 아직도 소위 말하는 전성기인 56세였다.

장군의 가족관계를 보면, 배우자와 장성한 세 명의 여식이 있었다. 장군의 부인은 므이쉬킨 공작 가문 출신이었으며, 대단하진 않아도 유서 깊은 가문 출신이었으며, 본인은 스스로 가문에 대해 자부심을 갖고 있었다. 최근 몇 년 사이 장군의 세 딸 알렉산드라, 아델라이다, 그리고 아글라야 모두 성숙해졌다. 셋 다 모두 훌륭한 규수

였으며, 이미 25살을 넘긴 장녀 알렉산드라도 예외는 아니었다. 차녀는 23살, 막내딸은 겨우 20살이 되었다. 셋 다 모두 교육 수준으로 보나 지성으로 보나 능력으로 보나 특출난 아가씨들이었다. 장녀는 음악가, 차녀는 훌륭한 화가였다. 이들은 결혼을 서두르지 않았다.

공작이 한 11시쯤 장군의 아파트로 전화했다. 공작에게 문을 열어준 사람은 시종이었으며, 공작은 시종에게 본인에 대해 오랫동안 구구절절 설명해야 했다. 결국 시종이 공작을 대기실로 안내하고는 장군의 방문 보고자에게로 인계해 주었다.

"거실에서 기다리십시오." 그는 경계의 눈초리로 놀라워하며 옆에 있는 의자에 앉은 공작을 쳐다보았다. "장군님 손님 맞으시죠? 해외에서 오신 걸로 보입니다만." 내키지 않은 듯 그는 결국 이렇게 물었다

"예, 방금 열차에서 오는 길입니다. 아마 제가 진짜 므이쉬킨 공작이 맞냐고 묻고 싶으신 것 같은데요? 확실히 말씀 드리지만, 저는 거짓말을 하는게 아니고 저 때문에 책임져야 할 일이 발생하진 않을 것입니다. 그리고 제 행색 때문에 놀라실 것은 없습니다. 현재 제 상황이 좋지 않거든요."

"음. 제가 그런 것을 우려하는 것은 아니고, 제 말씀은... 혹시 형편이 궁하셔서 장군님께 오신 것은 아닌지

여쭈어 보아도 괜찮겠습니까?"

"오, 아닙니다. 그 부분에 대해서는 확실히 안심하셔도 됩니다. 저는 다른 볼 일 때문에 왔습니다."

"죄송합니다. 제가 자세히 안 보고 그냥 여쭤 본 겁니다. 잠시 비서를 기다려 주십시오."

"만약 오래 기다려야 한다면, 부탁 좀 드리겠습니다. 여기 담배 한 대 필 곳이 있을까요? 제가 파이프와 담배는 있는데요."

"담배를… 피신다고요?" 놀라며 하인이 공작을 쳐다보았다. "아니오, 이곳에서는 담배를 피우시면 안 됩니다."

"오, 제가 이 방에서 피우겠다고 말씀드린 게 아닙니다. 잠깐 밖으로 나가서 피우겠단 말이었는데, 제가 담배가 습관이 되서요. 벌써 3시간 정도나 피우지 못 했습니다."

"그런데 제가 공작님에 대해서 뭐라고 보고를 드릴까요?" 거의 무의식적으로 하인이 중얼거렸다. "그럼 공작님께선 이곳에서 지내고자 하십니까?"

"아뇨, 그건 아닙니다. 초대를 받긴 했지만, 여기 머물진 않을 겁니다. 저는 그냥 인사를 하러 온 겁니다."

"뭐라고요? 인사를 하러 온 거라고요?" 더욱 경계를 하며 하인이 물었다. "처음에는 볼 일이 있어서 오셨다고 말씀하시지 않았나요?"

"아, 뭐 볼 일이라고까지는 못 하겠네요. 그러니까 원하신다면 한 가지 볼 일이 있는데, 조언을 들으러 온 거지만 중요한 건 인사를 드리러 온 거지요. 저는 므이쉬킨 공작이고 예판친 공작부인께서도 저와 같은 므이쉬킨 공작 가문의 마지막 사람이기 때문에 온 겁니다. 저와 공작부인을 제외하고는 므이쉬킨 가문 사람은 더 이상 없습니다."

"그럼 공작께선 친척이라도 되신단 말씀입니까?" 이미 질려버린 듯한 하인이 말했다.

"아, 그 정도까지라고 할 수 있을지 모르겠습니다. 어쨌든 친척은 친척입니다. 제가 해외에서 한 번 서신으로 장군 사모님께 연락을 드린 적이 있었는데 답장이 없으셨습니다. 만나 주신다면 좋고, 안 만나 주셔도 뭐, 아마 그게 더 나을 수도 있죠."

공작은 일어나서 외투를 벗었고, 비록 낡았지만 꽤 바느질이 잘 되어 있는 깔끔한 양복 자켓 차림이 되었다. 조끼에는 철목걸이가 있었다. 철목걸이에는 제네바 은시계가 달려있었다.

"이곳 겨울 실내 방안은 해외보다 따뜻하군요." 공작이 말했다.

"오랜만에 해외에 다녀오셨습니까?"

"예, 4년 만이네요. 그런데 저는 시골의 한 곳에서만 계속 머물러 있었네요."

"페테르부르크에 예전에도 사신 적이 있습니까?"

"거의 없고 잠깐 들른 정도죠. 예전에도 이곳에서 아는 것은 아무것도 없었는데, 요즘은 새로운 것들이 너무 많아서 이곳을 알았던 사람도 새로 알아가고 있는 정도라고 하더이다. 요즘은 이곳 재판 제도에 대해 많이들 말을 하네요. 우리 러시아는 사형제도가 없지 않습니까."

"외국에선 사형을 집행합니까?"

"예. 프랑스에서 봤습니다. 리옹에서요. 제 의견을 직설적으로 말씀드리지요. 살인을 했다고 그 사람을 죽이는 것은 살인 그 죄질에 비해 훨씬 큰 처벌입니다. 선고에 따라 사람을 죽이는 것은 범죄 살인보다도 훨씬 끔찍합니다. 밤에 숲속에서 범죄자가 살인을 저지르려는 대상은 그래도 마지막 순간까지 살아날 수도 있다는 희망을 가집니다. 하지만 사형선고를 받은 사람은 이러한 마지막 희망조차 원천봉쇄됩니다."

하인은 공작처럼 이 모든 말들을 표현할 수는 없었겠지만, 무슨 말인지는 파악한 듯싶었다.

"만약 아직도 담배 한 대를 피우고 싶으시다면," 하인이 말했다. "금방 피우실 수만 있다면 아마도 피우셔도 될 것 같은데..."

하지만 공작은 담배 필 여유가 없었다. 거실로 갑자기 한 젊은 사람이 손에 종이를 가지고 들어왔다. 그 젊은 이는 공작을 쳐다보았다.

"이분은 가브릴라 아르달리오니치입니다."라고 하인이 운을 떼었다. "이분은 므이쉬킨 공작이시며, 엘리자베타 프로코피예브나 사모님의 친척 되십니다. 해외에서 오셨습니다."

"므이쉬킨 공작 되십니까?" 가브릴라 아르달리오니치가 극도로 정중하고 예의바르게 물었다. 그는 매우 젊은 미남이었으며, 그 역시 한 28살 정도 되어 보였다. 날씬한 금발에 신장은 중간 이상은 되고 나폴레옹 스타일의 턱수염이 약간 나 있었으며, 매우 똑똑하고 잘 생긴 얼굴이었다. 단지 그의 미소는 정중하면서도 진정성이 느껴지진 않았다. 그의 눈초리는 매우 명랑하고 순수해 보이면서도 뭔가를 매우 치밀하게 살펴보는 듯했다.

"혹시 공작께서," 그가 물었다. "일년 전쯤인가 그보다 더 전에 스위스에서 엘리자베타 프로코피예브나 공작부인께 편지를 보내셨습니까?"

"예, 그렇습니다."

"이곳에서도 그렇게 공작님을 알고 정확히 기억하십니다. 공작께서는 장군님을 만나러 오신 것이 맞습니까? 제가 보고 드리겠습니다..."

그때 갑자기 서재 문이 열리고 어떤 군인이 서재에서 나왔다.

"자네 여기 있나 가냐? 이리로 들어오게!"

가브릴라 아르달리오노비치는 공작에게 목례를 하고 서둘러 서재로 들어갔다.

2분 정도 지나 문이 다시 열리고 가브릴라 아르달리오노비치의 경쾌하고 정중한 목소리가 들려왔다.

"공작님, 들어오시죠!"

III

　이반 표도로비치 예판친 장군은 자기 서재 한가운데에 서 있었으며, 이상할 정도로 큰 호기심을 갖고 서재 안으로 들어오는 공작을 쳐다보았다. 공작은 다가와서 자기 소개를 했다.

　장군은 물었다. "공작께서는 무슨 용무로 오셨나요?"

　"저는 용무가 있어서 온 것이 아닙니다. 제가 온 이유는 장군님께 인사를 드리기 위해서 입니다. 폐를 끼치고 싶은 것은 아닙니다. 하지만 저는 방금 기차에서 내렸고... 스위스에서 왔습니다..."

　장군은 피식 웃었지만 잠시 생각을 하더니 재빨리 공작에게 의자를 가리켰다. 가냐는 서재 구석 식탁 근처에 앉아서 서류를 정리하고 있었다.

　"저는 통성명까지 할 시간은 별로 없는 사람입니다." 장군이 말했다. "하지만 공작께서도 본인이 오신 목적이 있으실 거고, 그러면…"

"저도 그렇게 감이 왔습니다." 공작이 도중에 말을 끊었다. "장군께서는 제가 방문했을 때 뭔가 특별한 목적이 있을 거라고 생각하실 거라고 예상했습니다." 하지만 그런 건 없고요, 정말로 인사만 드리고 싶었지 다른 사적인 목적 같은 것은 없습니다."

"인사도 물론 좋지만, 좋은 게 좋은 것만 있을 순 없지 않겠습니까. 때로는 용무라는 것도 필요하니까요."

"특별히 용무가 있는 것도 아닙니다. 저 므이쉬킨 공작과 부인이 같은 가문이긴 하지만, 물론 그것 때문에 여기 온 것은 아닙니다. 하지만 어쨌든 저는 만나 뵙고 인사를 드리고 싶었습니다."

"숙소를 어디로 정하셨는지 여쭈어 봐도 될까요?"

"아직 머물 곳을 정하지 않았습니다."

"말씀하시는 것을 보니, 공작께선 바로 저희 집으로 오신 것 같군요."

"사실 이곳에서 머물려고 한다면 장군께서 초대를 하셨어야 가능하겠죠. 솔직히 말씀드리건데 초대를 해 주셔도 이곳에 머물진 않을 것 같습니다."

"음, 그랬군요, 하여간 제가 공작을 초대한 건 아닙니다. 서로 인정하지만 우리가 친척인지도 잘 모르겠고, 그러니…"

"그럼 이제 나가면 될까요?" 공작은 일어섰고, 심지어 유쾌하게 웃기까지 했다. "그럼 안녕히 계십시오. 폐를 끼쳐서 죄송합니다."

공작의 시선은 그 순간 매우 부드러웠고 장군은 갑자기 멈춰섰다.

"공작, 그런데 말이죠." 장군은 완전 다른 목소리로 말했다. "저는 당신을 잘 모르지만, 음, 엘리자베타 프로코피예브나는 어쩌면 본인 가문의 사람을 만나보고 싶어할 수도 있겠네요. 괜찮으시면 기다려 주시겠습니까, 시간이 있으시다면 말입니다."

"오, 저는 시간은 있습니다."

"그러니까 말입니다, 공작." 장군은 유쾌한 미소를 띠며 말했다. "만약 공작께서 실제로 같은 가문 사람이라면 안면을 트는 것도 좋을 것 같습니다. 그런데 공작께선 몇 살이신지?"

"26살입니다."

"오호! 저는 그보다 훨씬 어리신 줄 알았습니다."

"예, 제가 나이에 비해 동안으로 보인다고 하더라고요."

"두 마디만 하겠습니다. 공작께선 적어도 어느 정도의 현금은 보유하고 계신지요? 죄송합니다, 제가 그렇게..."

"장군님께서 왜 그렇게 물어보시는지 이해합니다. 저

는 현금이 하나도 없고 직업도 없습니다. 물론 돈은 필요합니다. 사실 제가 용건이 있다면 그 부분에 대해 조언이 필요하다는 점입니다. 그런데…"

"지금 상황에서 어떻게 생계를 유지하실 예정이신가요? 계획을 갖고 계셨겠지요?" 장군이 도중에 말을 잘랐다.

"어떤 식으로던 일을 하려고 했습니다."

"오, 공작께선 철학자적인 면모를 지니셨군요. 그렇다면… 돈벌이가 될 만한 자신의 능력이나 재능은 뭐라고 생각하십니까?"

"아뇨, 제 생각엔 저는 재능도 특별한 능력도 없습니다. 게다가 저는 몸이 좋지 않았고 공부도 제대로 하지 못했습니다."

장군은 이것저것 캐묻기 시작했다. 공작은 또다시 이미 했던 이야기들을 또다시 반복했다. 공작은 어린 나이에 부모님을 여의고 혼자 남았으며, 현재까지는 계속 시골에서 지내며 그곳에서 자랐는데 건강 때문에 시골의 깨끗한 공기가 필요했던 것이다. 공작의 지병이 자주 발병하는 바람에 그는 거의 백치가 되었다. (공작이 '백치'란 말을 그대로 썼다.) 슈나이더라는 교수가 스위스에 병원을 소유하고 있으며 백치병과 정신병까지도 치료하고 정신 발달 전반에 대해 가르치며 연구한다는 사실을 알게 되었다. 슈나이더 교수는 공작을 완치시키진 못했지만 꽤 많은 도움을 주었다. 그리고 드디어 공작 본인의 희망에 따라, 또 사정이 생기는 바람에 러시아로 돌아오게 된 것이다.

장군은 매우 놀란 듯했다.

"그러면 지금 공작께서는 러시아에 연고가 아무도 없단 말입니까?" 장군이 물었다.

"현재는 아무도 없지만, 누군가 생기지 않을까요... 편지를 받은 것이 있기도 하고요..."

"적어도 말이죠," 장군은 편지에 대해서는 듣지도 않고 말을 끊었다. "공작께선 뭐라도 배운 게 있으신지요? 지병이 있으시다고 했는데 그 병이 간단한 일을 하는 데에도 지장이 될까요?"

"아뇨, 절대 지장을 주지 않을 겁니다. 저는 4년 동안 쭉 공부를 했고, 물론 완전히 제대로 했다고는 못하지만 그 기간 동안 러시아 책을 독파할 수 있었습니다."

"러시아 책을요? 그럼 어법도 잘 알고 글도 틀리지 않고 쓰실 수 있습니까?"

"네, 잘 할 수 있습니다."

"아, 좋군요. 그런데 필체는요?"

"제 필체는 매우 훌륭합니다. 아, 제가 재능이 있다면 여기 있다고 할 수 있군요. 저는 달필입니다. 쓸 것을 주시면 지금 뭐든 써서 보여 드리겠습니다." 기쁜 듯 공작이 말했다.

"예, 한번 써 주시지요. 가냐, 공작께 종이를 드리게. 이건 뭔가?" 장군은 가냐에게 물었는데, 가냐는 가방에서 큰 사이즈의 사진 초상화를 꺼내어 장군에게 건네었다. "와우! 나스타시야 필리포브나잖아! 그 사람 자네에게 직접 보낸 건가?" 장군이 호기심 어린 눈빛으로 가냐에게 물었다.

"지금 제가 축하하러 갔었는데 주셨습니다. 이반 표도로비치, 오늘 저녁 파티는 물론 기억하시고 계십니까?"

"당연히 기억하고 말고. 참석할 것이네. 스물 다섯번째 생일 아닌가! 음... 그런데, 가냐, 각오해야 하네. 그 여자가 아파나시 이바노비치와 나에게 오늘 저녁 자기 집에서 최후통첩을 하겠다고 약속했네."

가냐는 약간 창백해졌다.

"기억해 두십시오, 이반 표도로비치." 가냐가 말했다. "그분도 본인이 최종 결정을 내리기 전까지는 저에게도 제 의지대로 행동할 수 있는 권한을 주었습니다."

"혹시 그럼 자네..." 갑자기 장군이 얼어붙었다.

"전 거절하는 게 아닙니다."

"거절하면 안 되지!" 장군은 자기도 모르게 말을 내뱉었다. "저기 이보게, 중요한 건 자네가 거절하지 않은 게 아니라 자네의 마음가짐, 만족감, 기쁨, 그러니까 그 여자의 말을 받아들였을 때 느끼게 될 감정이라네."

공작은 그들의 이러한 대화를 모두 들었다. 그는 글씨를 다 쓰고 책상으로 다가가 종이를 건네 주었다.

"아, 이분이 나스타시야 필리포브나인가요?" 호기심 어린 눈빛으로 유심히 초상화를 쳐다보더니 물어보았다.

"대단한 미인이군요!" 공작은 흥분된 목소리로 덧붙였다. 초상화에는 뛰어난 미모의 여성이 나타나 있었다. 사진 속의 그 여성은 수수한 검은 색 비단 원피스를 입고 있었다. 머리는 집에 있는 스타일로 깔끔하게 올려져 있었으며, 깊고 어두운 눈빛에 이마는 사색에 잠겨있는 듯했다. 표정은 열정이 넘치다 못해 거만해 보일 정도였다.

"어떻게 나스타시야 필리포브나를 아시죠? 혹시 공작께선 그녀를 벌써 알고 계십니까?" 장군이 물었다.

"예, 러시아에는 겨우 만 하루 정도 머무른 셈이지만 이런 대단한 절세미인은 이미 알고 있지요." 공작은 대답하고는 로고진과 만났던 이야기도 해 주었다.

"그런 이야기도 있었군!" 또다시 장군이 불안해 했다. "귀걸이 사건 이후 그 당시에 나스타시야 필리포브나가 그 모든 자초지종을 전달해 주었습니다. 다른 이야기는 말할 수도 없었을 겁니다." 장군이 생각에 잠긴 채 결론

지었다.

"공작님은 어떻게 보셨습니까?" 불쑥 가냐가 공작에게 물었다. "로고진은 좀 진중해 보이는 사람이었습니까, 아니면 그냥 시시껄렁한 사람이었습니까?"

"뭐라고 말씀드려야 할지 모르겠습니다." 공작이 대답했다. "다만 제가 보기엔 뭔가 병적으로까지 느껴지는 열정이 느껴졌습니다. 병자로까지 보일 정도였습니다."

"가냐, 내 말을 들어보게." 장군이 다시 한번 말했다. "자네, 부탁이니 오늘 그녀와 부딪치지 말고 정성을 다해주게... 자네, 알아들었는가? 사실은 자네도 그렇게 하고 싶은 거 아닌가?"

"그렇게 하고 싶습니다." 가냐는 조용하지만 단호하게 대답했으며, 눈을 내리깔고 입을 다물었다.

"오호!" 장군은 공작이 쓴 글씨를 보며 탄성을 내질렀다. "이야말로 글씨체 교본이군! 정말 드문 글씨체야! 가냐, 이걸 보게, 얼마나 대단한 재능인가!"

두꺼운 종이에 공작은 중세 시대의 러시아 글씨체로 이런 구절을 썼다. "겸양을 갖춘 수도원장 파프누치가 서명하다."

"오호!" 장군은 웃었다. "이봐요, 친애하는 공작, 당신은 단순히 달필가 아닌 예술가입니다. 그렇지 않소? 바로 여기에 당신이 할 일이 있습니다. 공작, 어떤 사람에게 드릴 편지를 공작에게 맡겨도 되겠소? 일단 공작께 한 달에 35루블을 드리겠소. 근데 벌써 12시 반이군요." 장군은 시계를 흘끗 보더니 말을 마쳤다. "일 얘기를 좀 합시다, 공작! 잠시 앉아 보시오. 제가 이미 말씀 드린 바 대로 제가 공작을 접대할 시간을 자주 내기는 힘듭니다. 하지만 공작을 도와 드리고 싶은 마음은 있소. 괜찮은 일자리가 있다오. 어쨌든 현재로선 공작 지갑이 텅텅 비어 있으니, 먼저 25루블을 드리고 싶소. 음, 공작께선 이 정도면 만족하실런지?"

"장군님, 저에게 이렇게 친절하게 해 주시다니 감사할 따름입니다. 심지어 제가 부탁드리지 않은 부분까지 배려해 주시고. 이미 너무나도 호의를 베풀어 주셨는데 제가 한 가지 요청이 있습니다. 제가 받은 전보가 있는데요..."

"아, 죄송합니다." 장군이 말을 끊었다. "제가 이제 1분도 지체할 수 없어서요. 지금 당장 제가 리자베타 프로코피예브나에게 공작에 대해 말해 두겠습니다. 이 기회를 잘 이용해서 내 아내 마음에 들 수 있으면 좋겠소. 같은 가문 사람 아니오..."

장군은 밖으로 나갔고, 공작은 결국 네 차례나 말하고 싶었던 자신의 용건을 끝내 말하지 못했다. 가냐는 시가를 피웠다. 갑자기 가냐는 공작에게 다가갔다. 그 순간 또 다시 나스타시야 필리포브나의 초상화 위에 서 있었다.

"공작께선 이 여성이 마음에 드십니까?" 갑자기 가냐는 공작에게 물었다.

"빼어난 미모 아닙니까!" 공작은 대답했다. "그리고 확신컨데, 이 여성의 운명은 평범치 않습니다. 얼핏 보면 유쾌해 보이지만 심각하게 고통받는 얼굴입니다. 그렇지 않습니까? 눈이 그렇다고 말하고 있습니다. 오만한 얼굴입니다, 매우 오만해 보여요. 하지만 잘 모르겠습니다. 이 여자 분은 좋은 사람입니까?"

"공작이라면 이 여성과 결혼하시겠습니까?" 가냐가 계속 물었다.

"저는 건강 때문에 결혼할 수 없습니다." 공작이 말했다.

"로고진이라면 결혼할까요? 어떻게 생각하십니까?"

"예, 그럴 겁니다. 결혼하겠죠. 하지만 그는 일주일 후 그 여자를 칼로 베어버릴 수도 있는 사람입니다."

"공작님! 각하께서 공작님을 모셔오라고 하십니다." 하인이 문가에 와서 말했다.

IV

　예판친 장군의 세 딸 모두 한창 건강하게 자라고 있었으며, 어깨나 가슴이 놀라울 정도로 남자 못지 않게 건장하고 때때로 포식하는 것을 좋아했다.

　장군 부인 역시 식욕이 감소하지 않았으며, 주로 12시 반에 딸들과 함께 정식 같은 푸짐한 아침 식사를 하곤 했다. 차, 커피, 치즈, 꿀, 버터, 독특한 팬케잌 등 장군 부인이 좋아하는 것 외에도 매우 진하고 뜨거운 국물도 함께 나왔다.

　장군이 딸들의 결혼을 서두르지 않는다는 점에 대해서는 이미 얘기한 바 있다. 하지만 장녀 알렉산드라는 어느새 훌쩍 25세가 되었다. 비슷한 시기에 최고위층에 인맥도 좋고 매우 부유한 아파나시 이바노비치 토츠키는 장가를 들고 싶은 마음이 또다시 들었다. 그는 훌륭한 신붓감을 찾고 있었다. 그는 특히나 외모를 까다롭게 보았다. 그는 얼마 전부터 예판친 장군과 친하게 지내고 있어서 그에게 딸들 중 한 명과 결혼해도 되냐는 질문을 슬쩍 했고, 장녀 알렉산드라라면 아마 거절하지 않을 것 같다는 대답을 들었다. 알렉산드라는 성격이 강하긴 했지만, 착하고 합리적이며 매우 서글서글하기까지 했다. 그렇지만 한 가지 상황 때문에 일이 성사되지 못하고 있었다.

이 '사건'(토츠키 본인이 표현한 대로 따르자면)은 약 18년 전에 시작되었다. 토츠키의 가장 좋은 영지 옆에 가난한 지주가 살고 있었다. 그는 귀족 가문 출신의 퇴역한 장교였으며, 바라쉬코프라는 성을 가진 사람이었다. 그는 부인이 죽고 나서 미쳐 버렸으며 한 달이 지나 그 역시 사망했다. 그의 두 딸들은 각각 6살, 7살이었는데, 토츠키의 자녀들과 함께 교육 받게 되었다. 얼마 지나지 않아 작은 딸이 병으로 죽어 언니 나스챠만 남게 되었다. 5년쯤 후 토츠키는 자신의 영지로 돌아왔는데, 12살쯤 되는 명랑하고 귀엽고 똑똑하면서 범상치 않은 미모를 자랑하게 될 소녀가 자신의 시골 집에 있단 사실을 문득 깨달았다. 토츠키는 이 소녀를 위해서 유능한 가정교사를 초빙했다. 정확히 4년 후에 가정교사는 떠났으며, 토츠키의 이웃여자가 와서 나스챠를 데리고 갔다. 이웃의 아담한 영지에 새로이 지은 아름다운 목재 집이 있었다. 이 집에는 악기와, 소녀 취향에 맞는 도서관, 그림, 연필, 붓, 물감, 놀라울 정도로 작은 강아지가 있었으며, 2주 후에는 아파나시 이바노비치 본인도 왔다... 그 이후로 그는 매년 여름에 왔고, 그렇게 4년이 평온하고 행복하게, 유쾌하고 아름답게 흘러갔다.

어느 날 어떤 소문이 나스타시야 필리포브나(나스챠)의 귀까지 들어갔는데, 아파나시 이바노비치가 페테르부르크에서 미인이자, 부유하며, 똑똑한 여인과 결혼한다는 소문이었다. 그녀는 갑자기 가장 예기치 못한 성격을 드러냈다. 그녀는 시골집을 버리고 갑작스럽게 페테르부르크에 나타나서 바로 토츠키에게로 갔다. 그는 경악했다. 그 앞에는 자신이 알고 있던 사람이 아닌, 전혀 다른 여성이 나타났던 것이다.

첫째, 이 여성은 특출나게 박학다식했다. 둘째, 그녀는 예전의 순박하고 우울함에 멍해 있거나 울면서 고민하던 그 소녀가 아니었다.

지금은 아니다. 예상 못했던 범상치 않은 존재가 그의 앞에서 크게 웃고 있었다. 그녀는 토츠키에게 경멸감 외에 한 번도 다른 생각을 해본 적도 없다고 대놓고 말했다. 예전과 완전히 달라진 그녀는 그가 누구랑 결혼해도 상관없지만, 그가 결혼하지 못하도록 방해하겠다고 선언했다. 그냥 그러고 싶어서라고 말했다.

토츠키는 이후 거의 2주 동안 고민했다. 그는 본인의 편안함과 평안함을 세상에서 최우선으로 여겼다. 그는 원래 지난 봄 충분히 혼수를 준비해서 나스타시야 필리 포브나를 남부럽지 않게 시집보내려고 마음 먹었다. 하지만 생각을 바꾸어 그녀를 페테르부르크에 잘 정착시켜야겠다고 결심했다. 그에게도 그게 더 나을 것이다.

그런 식으로 페테르부르크에서 5년이 흘렀다. 토츠키는 만약 그가 그녀에게 청혼을 했더라도 그녀가 받아들이지 않았을 것임을 깨달았다. 나스타시야 필리포브나는 보다 은둔적 생활을 했는데, 독서를 즐기고 심지어 공부를 좋아했으며 음악에 심취했다. 사람을 사귀는 일도 거의 없었다. 최근 예판친 장군은 어렵지 않게 나스타시야 필리포브나와 통성명을 했다. 그리고는 마침내 가브릴라 아르달리오노비치와도 인사를 했다. 바로 그 시점이 토츠키가 예판친 장군의 딸과 결혼하겠다고 결심한 때이다.

토츠키와 예판친은 나스타시야 필리포브나에게 왔다. 토츠키는 본인이 다 잘못했다며 빌기 시작했다. 그는 이제는 결혼이 하고 싶으며 그의 모든 운명은 그녀의 손에 달렸다고 말했다. 예판친 장군 역시 자기 딸의 운명과 다른 두 딸의 운명도 이제는 그녀의 결정에 달렸을지도 모른다고 말했다. 나스타시야 필리포브나는 "도대체 나에게 원하는게 뭡니까?"라고 물었고, 토츠키는 그녀가 가브릴라 아르달리오노비치와 결혼하는 것이 어떠냐고 제안하면서 지참금으로 7만 5천 루블을 제시했다.

나스타시야 필리포브나의 대답은 두 사람 모두를 놀라게 했다. 그녀는 마침내 누군가와 친구처럼 탁 터놓고 이야기할 수 있다는 사실에 기뻐하는 듯했다. 그녀는 이 결혼 성사에 대해 부정적인 언급은 전혀 하지 않았다. 그녀는 돈이 갖는 가치를 잘 알기 때문에 물론 그 돈을 가져가겠다고 했다.

가족 회의가 시작되었다. 가냐의 모든 가족들은 이 결혼에 반대했다. 토츠키가 어디선가 알아낸 바에 따르면, 예판친 장군과 토츠키 이 두 사람이 가냐에게 나스타시야 필리포브나를 아내로 들이게 하려고 매수하기로 결심했을 때, 가냐는 그녀에 대해 분노하기 시작했다는 것이다. 뿐만 아니라 예판친 장군이 나스타시야 필리포브나의 생일 선물로 직접 놀라울 정도로 값비싼 진주를 준비했다는 사실도 알려졌다. 이 진주에 대해서는 예판친 장군 부인이도 알게 되었다. 예판친 장군은 우리가 이야기를 시작한 그 날 아침, 아침을 먹으러 식구들이 있는 식탁으로 가기가 정말 싫었다. 그런데 때마침 공작이 온 것이다.

V

　장군 부인은 가문에 대해 자긍심을 갖고 있었다. 그런 가문의 마지막 후손인 므이쉬킨 공작이 누추한 백치와 진배없고 가난뱅이에 불과하단 소리를 들었을 때, 부인의 심정은 어떠했을까.

　"그 사람을 받아들인다고요? 지금 당신 그 사람을 받아들인다고 말씀하시는 거예요?" 장군 부인이 어이없어 하였다.

　"아, 당신만 괜찮다면 격식 안 차리고 만날 수 있을 것 같아서 말이오." 장군은 황급히 해명했다. "완전 아이나 다름없고 불쌍하기까지 하다오. 발작이라는 병이 있다고 하는데, 얼마 전에 스위스에서 돌아온 데다가 옷차림은 괴상하고 돈은 한 푼도 없었다오. 거의 울 것 같았소. 나는 그에게 25루블을 주었고, 어느 기관 서기 자리를 찾아봐 주고 싶소. 여러분, 우리 여성분들, 이 사람한테 뭐 먹을 것 좀 대접해 주시구려. 그 사람 배고파 보이던데…"

"엄마, 그분과 격의 없이 지내는 것이 당연히 옳아요. 게다가 먼 길 와서 시장할 텐데 식사 대접 못 할 게 뭐 있어요?" 장녀 알렉산드라가 말했다. "그분과 아마 뭔가 즐거운 놀이라도 할 수 있을 거예요."

둘째 아델라이다가 참지 못하고 웃음을 터뜨렸다.

"그 사람 불러요, 아빠. 엄마는 허락해요." 아글라야가 결정했다.

장군은 벨을 눌러 공작을 부르라고 했다.

"하지만 공작이 식탁에 앉을 때 반드시 목에 냅킨을 둘러줘야 해."

"그 사람 발작을 일으키게 되면 얌전하게 잘 있을까요?"

"매우 점잖고 매너도 좋다오. 좀 순박해 보인다고 해야 하나… 아, 저기 본인이 오네! 자, 가문의 마지막 후손 므이쉬킨 공작, 동일 가문이고 어쩌면 친척일 수도 있소. 반갑게 맞아주시오. 아, 나는 죄송한데 늦어서 서둘러야겠소… 그럼, 이따가 봅시다."

장군은 빠른 걸음으로 일어났다. 리자베타 프로코피예브나는 불만스러운 눈초리로 공작에게 시선을 돌렸다.

"이게 뭐더라?" 장군 부인이 무언가를 떠올리며 말을

꺼냈다. "아, 그렇지... 공작, 가시죠. 많이 시장하시죠?"

"예, 지금 매우 시장하고 또 너무 감사드립니다."

"여기 제 맞은 편에 앉으시죠." 장군 부인이 식당에 들어와 공작에게 자리를 안내하며 말했다. "공작 얼굴을 좀 보고 싶군요. 알렉산드라, 아델라이다, 공작에게 식사를 대접해 드리렴. 이분 전혀... 아픈 분 같지 않은데, 그렇지 않니? 공작, 식사하실 때 냅킨 두르셨나요?"

"7살 이전에는 아마 둘렀던 것 같은데, 지금은 식사 때는 무릎에 올려 놓습니다."

"그래야지요. 그런데 발작은요?"

"발작이요?" 공작이 약간 당황했다. "지금은 발작은 거의 일어나지 않습니다. 근데 잘 모르겠습니다. 이곳 기후가 저한테는 좋지 않을 거라고 하네요."

"공작께서 말씀 잘 하시네." 장군 부인이 딸들에게 말했다. "별로 기대하지 않았는데. 결국 다 헛소문이었군요. 공작, 식사하시지요. 그리고 이야기해 주세요. 어디서 태어나셨고, 어디서 교육 받으셨는지요? 다 알고 싶군요. 저한테 매우 흥미로운 분이십니다."

공작은 감사를 표하고 매우 맛있게 식사를 하며 오늘 아침 수차례 했던 이야기를 또 하기 시작했다.

"모두 우리 거실로 가시죠." 장군 부인이 말했다. "거실로 커피를 가져다 줄 겁니다. 여기 벽난로 쪽으로 앉으세요, 공작. 그리고 스위스가 어땠는지, 첫 인상은 어떠했는지 말씀해 주세요."

"첫 인상은 무척이나 강렬했습니다. 처음 러시아를 떠났을 때, 저는 여러 도시들을 아무 감흥없이 그저 바라보기만 했지요. 그때는 몇 차례 심하게 발작을 겪은 후였고, 병이 심해져서 발작이 몇 차례 반복되고 나면 저는 기억을 완전히 잃곤 했거든요. 발작이 잠잠해지면서 건강이 호전되었고, 현재도 그런 상태입니다. 기억합니다. 제 안의 슬픔이 너무도 커서 울음을 터뜨리고 싶을 정도였으니까요. 하지만 저녁에 스위스 바젤 시로 왔는데, 시장터에서 들렸던 당나귀 비명이 저를 깨웠습니다. 당나귀는 저에게 강렬한 인상을 주었고 왠지 모르게 마음에 들었습니다."

"당나귀요? 그거 신기하네요." 장군 부인이 말했다. "하긴 신기할 것까진 없네요. 우리 중 그 누구라도 당나귀를 좋아하게 될 수 있으니까요." 장군 부인은 웃고 있는 딸들을 무섭게 쳐다보며 말했다.

"그 후로 저는 당나귀를 끔찍하게 사랑한답니다. 저는 당나귀에 대해 꼬치꼬치 캐묻게 되었고, 결국은 당나귀가 유용하고, 강하고, 인내심이 강한 동물이란 사실을 스스로 깨닫게 되었습니다. 그후 갑자기 스위스 자체가 맘에 들게 되었으며, 이전에 있던 슬픔은 완전히 사라졌지요."

"당나귀에 대해서는 더 이야기하지 않아도 되겠네요. 다른 이야기를 합시다. 뭘 그렇게 웃니, 아글라야? 그리고 아델라이다, 너도? 공작께선 당나귀에 대해 매우 잘 설명해 주셨단다. 공작, 미안합니다. 애들 원래는 착한 애들입니다. 애들이 경박하고, 진중하지 못 하고 좀 정신을 딴 데 두고 있어서 그렇죠."

"뭐 어떻습니까?" 공작이 웃었다. "저라도 이런 이야기를 들으면 저 아가씨들처럼 웃었을 텐데요, 뭐."

"공작은 선한 분이시군요? 호기심에 물어봅니다." 장군 부인이 물었다.

모두가 또다시 웃음을 터뜨렸다. 공작 역시 멈추지 않고 계속 웃었다.

"웃으시니 매우 보기 좋네요. 제가 보기에 공작은 보기 드물게 착한 청년이십니다." 공작 부인이 말했다.

"착하지 않을 때도 있습니다." 공작이 대답했다.

"공작, 계속 말씀해 보시죠. 외국에서 당나귀 말고 또 뭘 보셨나요?"

"어, 당나귀에 관한 이야기도 흥미로운데요." 알렉산드라가 말했다. "공작은 자신이 앓았던 질병 이야기를 매우 흥미롭게 이야기 해 주셨어요. 저는 정신이 나갔다가 회복되는 이야기가 늘 재미있더라고요. 특히나 이런 일이 갑자기 일어나게 된다면 더욱 그렇죠."

"정말이니?" 장군 부인이 물었다. "아마 스위스 자연 이야기를 하다 말았던 것 같은데요, 공작. 그래서요?"

"루체른에 도착하더니 저를 호수로 데려가더라고요. 호수가 참 좋다고 느꼈지만, 저는 그런 자연을 보게 되면 처음에는 항상 힘들고 불안하더라고요. 좋으면서도 불안 한 그런 기분이요."

"저도 정말 봤으면 싶네요." 아델라이다가 말했다. "2 년 동안 그림 테마를 찾지 못하고 있거든요. 공작, 저한 테 그림 테마를 찾아주세요."

"저는 그쪽 분야는 전혀 모릅니다. 직접 보고 그리시 면 될 것 같은데요."

"보는 눈이 없어서요."

"저는 그곳에서 휴양을 했을 뿐이라서요. 제가 보는 눈이 있는지 모르겠네요. 하여간 저는 그곳에 있는 동안 행복한 시간을 보내긴 했답니다."

"행복했다고요! 공작께선 행복해지는 방법을 아시나 요?" 아글라야가 갑자기 소리질렀다. "그런데 어떻게 보 는 눈이 없다고 하시나요? 저희에게 좀 알려주시죠."

"알려주세요." 아델라이다가 웃었다.

"알려드릴 게 없답니다." 공작도 웃었다. "저는 내내 스위스 시골에서 지냈답니다. 처음에는 심심하지 않았습니다. 그래서 금방 회복되었는데, 그러고 나니 하루하루가 시간이 참 귀하더라고요. 시간이 갈수록 이 시간이 점점 소중하다는 것을 깨닫게 되었습니다. 기분 좋게 잠이 들고, 그 다음 날에 더욱 행복한 상태로 기상했습니다. 왜 그랬는지 이유를 설명하기는 참 어렵네요."

처음에는 앞으로 어떻게 살지에 대해서 계속 생각했습니다. 그런데 작년에 어떤 한 사람이랑 만났던 이야기를 해 드리면 좋을 것 같습니다. 이 사람은 다른 사람들과 함께 정치범으로써 사형선고를 받았습니다. 그런데 20분 쯤 후에 사면령이 내려졌고, 다른 형벌로 바뀌었습니다. 하지만 사형선고와 사면령 사이 그 20분 동안 몇 분 후면 죽을 것이란 확신을 했지요. 중앙에 기둥이 세 개 있었습니다. 사형수복을 입은 이 죄수들을 기둥으로 데려가 묶었습니다. 기둥 각각 맞은 편에 몇 명의 군인들이 조를 이루어 정렬했습니다. 신부님이 십자가를 들고 모든 죄수들 사이를 돌아 다녔습니다. 시간이 5분도 채 안 남은 것 같았습니다. 그는 이 5분이 그에게는 영겁의 시간 같았으며 너무나 큰 자산 같았다고 말했습니다. 이 5분이란 시간이 너무 긴 시간처럼 느껴져 이 순간이 마지막이란 생각조차 할 수 없던 것입니다. 그는 동료들과 이별할 시간 2분, 자기 자신에 대해 마지막으로 돌아볼 시간 2분, 그리고 마지막으로 주변을 돌아볼 시간을 남겨놓기 위해 시간을 나누어 놓았습니다. 그는 27세의 신체 건강하고 힘이 넘치는 나이에 죽게 된 것입니다. 동료들과 이별 인사를 나누면서 그는 그 중 한 명에게 질문을 했는데, 뭐라고 대답할지 궁금해지기까지 했습니다. 그렇게 동료들과 이별 인사를 한 후에 자기 자신에 대해 돌아보려고 할애한 2분의 시간이 도래했습니다. 그는 왜 일이 이렇게 되었는지 그려 보고 싶었습니다. 지금 이렇게 살아 있는데, 3분 후면 이미 다른 누구도, 다른 무엇도 어떤 존재도 되지 않을 것이다. 그럼 무엇이 되는 것인가? 어디로 가는 것인가? 이 순간 생각이 끊이지 않는 것만큼 그에게 괴로운 것도 없었습니다. "죽지 않는다면 어떨까! 삶을 되찾을 수 있다면, 영원함을 가질 수 있지 않을 것인가! 그 영원함이 내 것이 될 수 있을 텐데! 그러면 나는 1분 1분을 1세기로 바꾸어 한 순간도 잃지 않을 것이며, 매 분을 선물로 생각해서 허비해 버리지 않을 텐데!"

공작은 갑자기 침묵했다. 모두가 그가 드디어 이야기의 마무리를 지을 거라 생각했다.

"말씀 끝나신 건가요?" 아글라야가 물었다.

"예? 끝났습니다." 공작이 몇 분 간의 침묵을 깨고 말했다.

"아, 근데 무슨 말씀을 하시려고 이런 스토리를 이야

기 해 주신 건가요?"

"그냥... 생각이 나서... 대화를 이어 나가려고요..."

"공작께선," 알렉산드라가 말했다. "아마도 어느 한 순간도 코페이카로 값을 매길 수 없고 때로는 5분이란 시간이 보물보다 값지다고 말씀하시고 싶은 게 아니었을까요. 참 잘 되었는데, 이 무서운 이야기를 공작께 들려준 그 분은... 감형이 되었으니까 그 '영원의 삶'이 주어졌네요. 그러면 그 귀한 보물을 어떻게 사용하셨나요? 1분 1초를 세면서 열심히 살았나요?"

"오, 아뇨, 전혀 그렇게 살지 않았고, 많은 시간을 허비했습니다."

"음, 공작에게도 경험이 되었네요. 1분 1초를 세면서 산다는 것은 불가능하죠."

"예, 제가 봐도 그렇게 느껴지더라고요... 그건 믿을 수 없는 일이니까요..."

"그러면 공작께선 그 누구보다도 현명하게 살 수 있으시겠어요?" 아글라야가 말했다.

"예, 그렇게 생각이 들 때도 있습니다."

"생각이 들기도 한다고요?"

"네, 그렇습니다." 여전히 조용한 미소를 띠고 대답했다. 그리고는 또다시 웃더니 기분 좋은 듯 아글라야를 쳐다 보았다.

"겸손하시네요!" 아글라야가 짜증스러운 듯이 말했다.

"그런데 여러분들은 대범하시네요. 웃기도 하시고. 저는 그 사람 이야기 듣고는 너무 충격 받아서 나중에 꿈에서 바로 이 5분 간의 장면이 나타났었는데..."

공작은 다시 한번 자신의 말을 듣고 있는 사람들을 눈으로 찬찬히 훑어 보았다.

"여러분들 저한테 화가 나신 건 아니지요?" 공작이 갑자기 물었다.

"무엇 때문에요?" 세 아가씨가 놀라서 큰 소리로 물었다.

"아 뭐, 제가 혹시 가르치려 들려는 것처럼 보였을까 봐..."

모두가 웃음을 터뜨렸다.

"혹시 화가 나셨다면, 화를 푸시기 바랍니다." 공작이 말했다. "제가 좀 이상하게 말할 때가 있는 것 같거든요..."

그리고 수줍은 듯 웃었다.

"행복했다고 말씀하시는 것을 보면, 저희보다 삶의 연륜이 더 많으신데, 왜 저희한테 미안해 하시는지요?" 아글라야가 정색하며 말을 꺼냈다. "안타깝네요, 공작께서 사형집행을 못 보셨다니요. 만약 보셨다면 뭐 좀 여쭤보려 했는데."

"사형집행 장면은 본 적이 있습니다." 공작이 대답했다.

"보셨다고요?" 아글라야가 소리를 질렀다. "제가 눈치가 없었군요! 만약 사형집행 장면을 직접 보셨다면, 어떻게 지금까지 행복하게 살았다고 말씀하실 수 있죠?"

"공작께서 살았던 시골에서는 사형을 집행하나 보죠?" 아델라이다가 물었다.

"저는 리용에서 보았습니다. 그곳에 갔을 때, 마침 사형이 집행되고 있었죠."

"어떠셨는지요, 그 장면이 좋은 점이 있던가요? 뭔가 놀랄 만한 요소가 많았던가요? 유용한 것들이 있었나요?" 아글라야가 물었다.

"전혀 좋지 않았고요, 그 이후로 약간 아프기까지 했습니다. 하지만 눈을 떼지 못했단 점은 인정합니다."

"저라도 눈을 떼지 못했을 것 같습니다." 아글라야가 말했다.

"사형 집행에 대해서 더 이야기 해 주세요." 아델라이다가 끼어들었다.

"더 이상은 이 이야기를 하는게 너무..." 공작이 당혹스러워 했다.

"공작께서는 우리한테 이 이야기를 해 주는 게 아까

운 것 같은데요." 아글라야가 말했다.

"아니오. 저는 단지 이 사형집행 이야기를 이미 한 번 해서 그럽니다."

"누구한테 하셨는데요?"

"아까 기다릴 때 시종한테 했습니다."

"어떤 시종이요?" 사방에서 질문이 쏟아졌다.

"아 저기 앞에 앉아 있는 사람이요."

"공작, 정말 민주적이신 분이시군요." 아글라야가 말했다. "뭐, 알렉세이한테 이미 이야기 해 주셨다면, 저희한테도 이야기해 주셔야죠."

"전 꼭 들어야겠습니다." 아델라이다가 다시 말했다.

"예전에는요, 진짜." 공작이 아델라이다에게 말했다. "예전에 그림 주제를 추천해 달라고 하셨으면 죽음을 1분 앞둔 사형수의 얼굴을 그려보라고 대답했을 겁니다."

"어떻게 하면 그런 얼굴을 그리나요? 그런 얼굴은 어떤 얼굴인가요?"

"죽음을 정확히 1분 앞둔 얼굴 말입니다." 공작이 다시 자리를 잡고 말을 시작했다. "그 사형수가 층계를 올라가던 바로 그 순간이었습니다. 그 순간 그는 제 쪽을 쳐다보았습니다. 저는 그의 얼굴을 쳐다 보았고 모든 것이 파악되었습니다. 근데 이전에 무슨 일이 있었는지를 다 알고 있어야 합니다. 사형수는 감옥에 있었고 형 집행을 기다리고 있었습니다. 원래는 1주일 후에 형이 집행되기로 했었죠. 그런데 갑자기 어떤 일이 생겨서 기간이 단축된 겁니다. 새벽 5시에 그는 자고 있었습니다. 그때가 10월 말이었고, 5시에 아직 춥고 어두웠습니다. 교도원이 조용히 들어와 조심스럽게 그의 어깨를 쳤습니다. "10시쯤 사형이 집행될 예정이오." 사형수는 잠에서 덜 깨어 그 말을 믿지 않았지만, 완전히 잠에서 깨어났을 때 이렇게 말했습니다. "그렇게 갑작스럽게 진행되면 힘들지..." 그는 길을 가는 내내 생각을 했을 겁니다. "아직 멀었어, 아직 세 거리나 남았어!" 주위에 사람들이 질러대는 고함 등과 같은 모든 소음을 견뎌야 했던 겁니다. 가장 심한 것은 '이 사람들은 수만 명인데, 이들은 그 누구도 사형당하지 않으며 나만 사형당하는구나!'라는 생각입니다. 사형대로 올라가는 길은 계단으로 이어졌습니다. 계단 앞에서 그는 갑자기 울음을 터뜨렸습니다. 그는 남자답게 건장한 사람이었고, 흉악범이라고 들었습니다. 드디어 계단으로 올라가야 했습니다. 다리가 꼬여서 조금씩 걸어 올라갔습니다. 계단 아래에서 그는 매우 창백해졌고 갑자기 백지장처럼 하얗게 질렸습니다. 그곳에 서 있던 신부가 재빨리 십자가를 입술에 대어 주었는데, 그것은 작은 사각 모양의 은 십자가였습니다. 입술에 수시로 갖다 대 주었습니다. 매분마다 말입니다. 이 마지막 순간에 그의 머리는 마지막 4분의 1초, 단두대 날 밑에 머리가 놓이는 순간까지 매우 예민하게 돌아갑니다. 제가 거기에 누워 있는 상태였더라도 모든 소리가 시시각각 들렸을 것입니다!"

공작은 말을 멈추고 모두를 바라보았다.

"음, 이제는 사랑에 빠졌던 이야기를 해 주시죠." 아델라이다가 말했다.

공작은 놀라서 아델라이다를 쳐다보았다.

"사랑에 빠졌던 이야기를 시작하시면 더 이상 철학자처럼 말씀하시진 않으시겠죠. 이야기를 시작해 주세요."

"저는 사랑에 빠져본 적이 없습니다." 공작은 똑같이 조용하고 진중한 어투로 대답했다. "저는 연애가 아닌 다른 방식으로 행복감을 느꼈죠."

"무엇을 통해 행복감을 느끼신 거죠?"

"예, 말씀드리죠." 공작은 깊은 사색에 잠긴 사람처럼 말했다.

VI

"저는 그곳에서 계속 같은 아이들과 함께 있었습니다. 그 마을에 있는 학교를 다니던 아이들이었죠. 그 아이들과 지내다보니 4년이 훌쩍 지나가 버렸습니다. 저는 그 아이들에게 숨기는 것 없이 다 말했습니다. 아이들이 아직 어리다는 이유로 숨길 필요는 없습니다. 영혼은 아이들을 통해 치유되거든요…

아이들은 처음에는 저를 좋아하지 않았습니다. 저는 항상 행동이 굼뜬 큰 어른이었으니까요. 그리고 스스로도 잘 알지만 저는 좀 멍청한 데다 외국인이기도 하죠. 아이들은 처음에는 저를 비웃었지만 어떤 일이 있고 나서 친해질 수 있었습니다. 그 후에 목사님과 학교 선생님은 아이들에게 저와의 만남을 금지했고, 슈나이더 박사는 이를 감시했습니다. 결과적으로는 모든 일이 잘 마무리되었지만, 그 상황 당시에도 저는 좋았습니다. 그 일로 인해서 아이들과 더 가까워졌거든요. 슈나이더 박사는 제가 아이들에게 교육적으로 해로운 영향을 끼칠 수 있다고 여러 차례 저에게 말을 했고, 이 문제에 대해 저와 논쟁을 벌였습니다. 제가 무슨 교육적 영향을 끼치겠습니까! 슈나이더 박사는 결국에는 저에게 정말 이상하게 들리는 자신의 생각을 털어놓았는데, 제가 완전히 어린아이와 다름없으며 키와 얼굴만 성인이지 마음, 성격, 지능은 전혀 성장하지 않았고 제가 60살까지 살아도 계속 어린아이처럼 지낼 거라 확신한다고 말했습니다. 그 말을 듣고 웃었죠. 물론 박사가 한 말은 맞지 않습니다. 제가 어딜 봐서 아이 같습니까? 하지만 한 가지는 맞았습니다. 저는 성인들과 있는 것을 좋아하지 않았고, 오래전부터 이 사실을 인지하고 있었습니다. 제가 그런 사람들과 함께 있는 방법을 모르기 때문입니다. 그들과 무슨 이야기를 나누든, 그들이 얼마나 저에게 잘 해주든 간에 저는 왠지 모르게 성인들과 함께 있는 것이 힘들었고 제가 그들로부터 해방되어 제 친구들(아이들)에게 달려갈 수 있다면 뛸 듯이 기뻤는데 그건 제가 어린아이라서가 아니라 아이들에게 끌렸기 때문입니다. 제가 시골 생활 초창기 때에 우울한 마음을 안고 혼자 산에 간 적이 있었는데 하교를 하는 아이들이 가방과 장난감을 들고 시끄럽게 소리지르고 웃으며 달려오는 모습에 제 마음은 온통 아이들을 향하기 시작했습니다. 저도 잘 모르겠습니다만 아이들을 만났을 때 강렬하고 행복한 느낌을 받았습니다. 저는 끊임없이 뛰어다니는 아이들의 작은 다리를 쳐다보며 행복감에 젖어 웃곤 했고, 소년과 소녀들이 웃고 울며 뛰어다니는 모습을 볼 때면 제 모든 우울한 마음을 잊을 수 있었습니다.

러시아로 귀국하게 되었을 때 아이들이 모두 나와서 저를 역까지 바래다 주었습니다. 그리고 제가 아이들이 스위스에서 미리 보낸 편지들을 받았을 때 그제서야 저는 제가 그 아이들을 얼마나 사랑했는지 깨달았습니다. 제가 이곳에 들어와서 여러분의 사랑스러운 얼굴을 바라보고(지금은 사람 얼굴을 응시할 수 있습니다.) 여러분이 저에게 첫 말을 던졌을 때 저는 그때 이후로 처음으로 마음이 편하다고 느꼈습니다.

여러분의 얼굴에 대한 제 느낌이 어땠냐고요? 저는 기꺼이 여러분께 말씀드릴 수 있습니다. 아델라이다 이바노브나 아가씨께서는 행복해 보이는 얼굴이고 세 분 중 가장 호감형입니다. 게다가 인물이 좋아서 사람들이 당신 얼굴을 보면 "저 아가씨는 착한 여동생 같은 얼굴을 하고 있어."라고 말할 것입니다. 그리고 알렉산드라 이바노브나 아가씨 역시 매우 아름답고 사랑스러운 얼굴인데, 아마 숨겨진 슬픔이 있는 것 같습니다. 그리고 리자베타 프로코피예브나 장군 부인, 당신의 얼굴에 대해서는 말이죠. 부인의 얼굴에 대해서는 제가 추측이 아니라 확신해서 말씀드릴 수 있습니다만, 부인께선 그 연세에도 불구하고 좋은 면에서든 나쁜 면에서든 완전히 어린아이입니다. 혹시 저한테 화를 내시진 않으시겠죠?”

공작이 말을 마치자 모든 사람들이, 심지어 아글라야조차도 공작을 유쾌하게 쳐다보았다. 리자베타 프로코피예브나가 특히나 더 그랬다.

“자, 이렇게 시험을 다 치르셨군요!” 부인이 외쳤다. “그런데 공작, 아글라야에 대해서는 아무 말씀도 안 하시는 건가요?”

“지금은 아무 말씀도 드릴 수가 없습니다. 나중에 말씀드리지요.”

“왜죠? 너무 다른가요?”

“예, 당신은 너무나도 특출나게 아름다운 분입니다, 아글라야 이바노브나. 너무나도 아름다워서 쳐다보기 민망할 정도입니다. 아름다움을 재단하기란 어렵습니다. 저는 아직 준비가 되질 않았어요. 아름다움이란 수수께끼입니다.”

“공작께선 아글라야에게 수수께끼를 내신 셈이군요.” 아델라이다가 말했다. “맞춰봐, 아글라야. 그런데 얘가 예쁘긴 하죠, 공작, 예쁘죠?”

"특히 예쁘시죠!" 공작은 열성적으로 대답했다. "미모가 거의 나스타시야 필리포브나에 버금가는데요! 얼굴은 완전 다르지만요…!"

모두가 놀라서 서로를 쳐다보았다.

"누, 누구라고요?" 장군 부인이 말을 길게 늘어뜨렸다. "어떻게 나스타시야 필리포브나가 나올 수가 있죠? 공작께선 어디서 나스타시야 필리포브나를 보신 거죠? 어떤 나스타시야 필리포브나를 말씀하시는 건가요?"

"가브릴라 아르달리오노비치 씨가 이반 표도로비치(예판친 장군)에게 그녀의 초상화를 보여주었습니다. 나스타시야 필리포브나가 오늘 자신의 초상화를 가브릴라 아르달리오노비치 씨에게 선물했고, 가브릴라 씨가 그걸 보여주려고 가져왔죠."

"보고 싶군요!" 장군 부인이 외쳤다. "공작, 서재에 가서 가브릴라에게 초상화를 받아서 가져다 주시죠. 한 번 본다고 말씀해 주세요."

공작은 가브릴라에게 초상화를 받아서 서재에서 나온 후 갑자기 멈춰서서 창가로 다가가 나스타시야 필리포브나의 초상화를 바라보았다.

남다른 미모와 그 외의 다른 요소 때문인지 그녀의 얼굴은 공작을 다시금 놀라게 했다. 오만함과 증오에 가까운 멸시감, 그리고 고지식한 순박함이 동시에 얼굴에

드러나 있는 듯했다. 얼굴에 나타난 대조적인 두 모습은 연민을 불러일으킬 정도였다. 공작은 1분 동안 초상화를 바라보고는 주위를 둘러보더니 급히 초상화에 입술을 대고 키스를 했다. 1분 후 그는 아무렇지도 않은 얼굴로 거실로 들어갔다.

장군 부인은 말없이 나스타시야 필리포브나의 초상화를 살펴보았다.

"음, 미인이군." 마침내 부인이 입을 열었다. "대단히 아름답지. 공작께선 이 여성의 아름다움을 높게 평가하시는지요?" 부인은 갑자기 공작에게 물어보았다.

"예… 높게 평가하지요." 공작이 놀라서 대답했다.

"무엇 때문에 높게 평가하시죠?"

"이 얼굴에는… 고뇌가 많이 나타나 있습니다."

"아마 공작에게는 그렇게 느껴지나보죠." 부인은 그렇게 마무리했다. 알렉산드라는 초상화를 집어들었고 아델라이다가 다가왔다.

"어떻게 이런 아름다움이!" 아델라이다가 흥분해서 말했다. "이 정도 미모라면 세상을 바꿀 수도 있겠군!"

아글라야는 흘끗 초상화를 바라볼 뿐이었다.

장군 부인이 초인종을 눌렀다.

"가브릴라 아르달리오노비치를 이리로 부르도록." 부인이 들어온 하인에게 지시했다. 부인은 분노한 상태였다.

"아…!" 들어오는 가브릴라를 보고 부인이 외쳤다. "안녕하세요? 결혼하십니까?"

"결혼이요..? 무슨 결혼을 말씀하시는지..?" 놀란 가브릴라가 되물었다. "아, 아니오… 저는… 아닙니다." 아글라야가 차갑게 그를 쳐다보았다.

"아니라고요? 지금 아니라고 하신 거죠?" 리자베타 프로코피예브나가 집요하게 추궁했다. "좋습니다. 기억해 두겠습니다. 그럼 이만 실례하겠습니다. 일이 많으실 텐데 저도 갈 시간이 되었습니다. 친애하는 공작, 다음에 또 뵙죠. 자주 들르세요. 알렉산드라, 내 방으로 좀 오렴."

장군 부인이 나갔다. 가브릴라는 거칠게 탁자에서 사진을 집어들었다.

"공작, 나는 지금 집으로 갈 거요. 혹시 우리 집에서 지내고 싶은 마음이 바뀌지 않았다면 제가 함께 데려다 드리지요. 우리 집 주소도 모르지 않습니까."

"잠시만요, 공작." 아글라야가 말했다. "제 앨범에 글을 써 주셔야죠. 아빠 말씀으로는 공작이 명필이라던데요. 제가 지금 가져올게요."

그리고는 아글라야가 밖으로 나갔다.

"제가 결혼한다고 당신이 다 말하고 다녔나보죠?" 가

브릴라가 날카롭게 외쳤다.

"확실히 말씀드리지만, 오해입니다." 공작은 차분하고 예의바르게 답했다. "저는 심지어 당신이 결혼한다는 사실도 몰랐는데요."

"당신은 예판친 장군이 오늘 저녁 나스타시야 필리포브나의 집에서 모든 것이 결정될 것이라고 말한 것을 들었고 그걸 전달한 거잖소! 공작이 아니면 누가 전달했겠소?"

"누가 전달했는지 알아보시는게 좋으실 듯합니다. 저는 그런 말을 한 마디도 한 적이 없습니다."

아글라야가 들어왔다.

"자, 공작" 아글라야는 앨범을 탁자 위에 놓으며 말했다. "원하는 페이지에 말씀을 써주세요."

"제가 어떤 말을 쓰면 좋을까요?" 공작이 물었다.

"제가 불러드릴게요." 아글라야가 말했다.

"이렇게 써주세요. '나는 경매를 하지 않는다.'라고요. 보여주세요. 훌륭한데요! 감사합니다. 안녕히 가세요, 공작."

"저는 제 가방만 챙기면 됩니다." 가브릴라가 공작에게 말했다. "나갑시다."

드디어 둘은 거리로 나왔다.

VII

　가브릴라의 아파트는 3층에 위치했으며 애초부터 세를 주려는 용도였다. 가브릴라와 그의 가족은 두 달 전쯤 이곳으로 이사왔다.

　아파트는 복도를 중심으로 나뉘었다. 복도 한쪽에는 하숙용 방 세 개가 있었다. 복도 끝 부엌 쪽에는 네 번째 방이 있었는데 그곳은 이 집 가장인 퇴역 장군 이볼긴과 가브릴라의 열세 살짜리 남동생 중학생 콜랴가 함께 지냈다. 공작에게는 하숙용 방 세 개 중 중간 방이 주어졌다.

　갑자기 방으로 장군이 들어왔다.

　"그 사람이군!" 장군은 작지만 엄숙하게 말했다. "살아있는 그 인물이야! 소중하고 아는 이름이 계속 반복해서 들려서 지나가 버린 과거를 회상했소… 므이쉬킨 공작?"

"네, 그렇죠."

"나는 이볼긴 장군, 퇴역해서 우울한 인간이라오. 당신의 이름과 부칭을 감히 물어봐도 될는지?"

"레프 니콜라예비치입니다."

"그래, 그렇지! 내 어린 시절 동무라 부를 수 있는 니콜라이 페트로비치의 아들 아니오?"

"제 아버지 존함은 니콜라이 르보비치입니다."

"르보비치." 장군이 정정했다. "나는 공작을 품에 안아본 적이 있다오."

"그럴 리가요?" 공작이 말했다.

"부친께서는 돌아가신 지 벌써 20여년이 됩니다."

"그래, 20년. 20년하고도 3개월이지. 우리는 함께 학교를 다녔다오. 나는 바로 군대로…"

"예, 저희 아버지께서도 군에서 복무하셨습니다."

"공작의 어머니께서는…"

장군은 슬픈 기억 때문인듯 말을 멈추었다.

"예, 어머니께서는 반년 후에 감기로 돌아가셨습니다." 공작이 말했다.

"감기 때문이 아니라오, 이 늙은이를 믿으시오. 나도 어머니의 장례식에 함께 있었소. 남편을 잃은 슬픔 때문이었지 감기 때문이 아니었다오. 공작부인도 기억하오! 젊었었지! 그녀 때문에 당신의 부친과 나는 서로를 죽일 뻔하기도 했지."

공작은 그 말을 들으며 의구심이 들기 시작했다.

"나는 당신의 모친을 미친 듯이 사랑했었다오. 심지어 그녀가 내 친구와 약혼을 했을 때조차 말이오. 당신의 부친도 눈치를 챘지. 어느 날 아침 7시에 와서 나를 깨우더군. 놀라서 옷을 입었지. 우리 둘 다 침묵했고 나는 상황을 파악했소. 주머니에서 권총 두 개를 꺼냈고 증인도 없었지. 권총을 장전해서 서로의 가슴을 향해 권총을 겨눈 후 얼굴을 쳐다보았소. 갑자기 우리 둘 다 눈에서 눈물이 났고 손이 떨렸다오. 그가 외쳤지. '그녀는 네 여자다!' 그리고 나도 외쳤지. '네 여자야!' 그런데 그러니까 공작, 우리 집에 머물거요?"

"예, 당분간은 그럴 것 같습니다." 공작이 말했다.

"공작님, 엄마가 오시래요." 소년이 문 틈으로 얼굴을 내밀며 외쳤다. 공작은 몸을 일으키며 가려고 했으나 장군이 공작의 어깨를 누르며 다시 앉혔다.

"부친의 진정한 벗으로서 미리 말하고 싶은 게 있소." 장군이 말했다. "우리는 보시다시피 비극적 사건 때문에 어려움을 겪었소. 그리고 상황이 이렇게 되어 하숙을 치고 있지. 나는 사실 총독 정도는 지냈어야 하는데! 어쨌든 공작은 늘 환영이라오. 이 밖에도 우리 집에는 비극이 한 가지 더 있다오!"

공작은 호기심 어린 눈빛으로 궁금하다는 듯이 쳐다보았다.

"수수께끼의 여인과 전도유망한 청년과의 혼사가 준비 중에 있다오. 그 여자를 내 딸과 아내가 있는 집으로 들이다니! 하지만 내 눈에 흙이 들어가기 전에는 절대 안 되지!"

"공작, 제가 있는 거실로 와 주시죠." 니나 알렉산드로브나가 직접 방으로 와서 공작을 불렀다.

"생각해 보시오, 친구." 장군은 외쳤다. "내가 공작을 내 손으로 안아준 적이 있단 말이지!"

니나 알렉산드로브나는 질책하듯이 장군을 쳐다보고 궁금하다는 눈빛으로 공작을 쳐다보았지만 아무 말도 하지 않았다. 공작은 그녀를 따라나섰다. 하지만 이들이 거실에 와서 앉자마자 장군도 따라 들어왔다.

"내 친구의 아들이란 말이오!" 장군은 니나 알렉산드로브나를 쳐다보며 외쳤다. "그런데 자네, 설마 돌아간 니콜라이 르보비치를 기억하지 못하는가?"

"아빠, 점심 준비했어요." 바르바라 아르달리오노브나가 거실로 들어와서 말했다.

"오, 훌륭하구나! 정말 배가 고팠단다… 그런데 그 사건은 심리학적으로도 분석이 가능하다오…"

"수프가 또 식어요." 더는 참지 못하고 바르바라가 말했다.

"지금 간다." 장군이 방을 나서며 중얼거렸다.

"공작께서는 아르달리온 알렉산드로비치(이볼긴) 양반을 좀 봐 주셔야 할 겁니다." 니나 알렉산드로브나가 공작에게 말했다. "공작도 아시겠지만 모든 사람은 단점이 있고 자신만의 독특한 개성이 있는 겁니다. 혹시 남편이 월세 이야기를 꺼내면 저한테 지불했다고 말씀해 주세요…. 이건 뭐니 바르바라?"

바르바라는 방으로 돌아와 아무 말 없이 어머니에게 나스타시야 필리포브나의 초상화를 건네주었다. 니나 알렉산드로브나는 처음에는 놀란 듯 부들부들 떨다가 나중에는 씁쓸한 기분으로 초상화를 살펴보았다. 그리고는 어디서 났냐는 듯이 바르바라를 쳐다보았다.

"본인이 오빠에게 직접 선물로 주었어요." 바르바라가 말했다. "저녁에 모든 것이 결정된대요."

"오늘 저녁이라고!" 니나 알렉산드로브나는 절망스러운 목소리로 속삭였다. "그 어떤 의구심도 희망도 전혀 남아있지 않구나."

가브릴라가 들어왔고, 때마침 니나 알렉산드로브나는 입을 다물었다. 나스타시야 필리포브나의 초상화는 가장 잘 보이는 곳에 놓여있었다. 가브릴라가 초상화를 보고는 자신의 책상 위로 던졌다.

"오늘이라고? 가브릴라?" 갑자기 니나 알렉산드로브나가 물었다.

"뭐가 오늘이라는 거죠?" 가브릴라가 물어보고 나서 공작을 쳐다보았다. "아, 당신이 여기 있군! 당신 정말 무슨 병이 있는 거 아니오?"

"만약 이미 다 끝이라면 말이다." 니나 알렉산드로브나가 말했다. "화내지 말거라, 가브릴라. 나는 이미 다 완전히 정리가 되었단다."

가브릴라는 놀란 듯했지만 조심스럽게 침묵했다. 니나 알렉산드로브나는 슬픈 미소를 지으며 말을 이어갔다.

"너는 아직도 계속 의심을 하면서 나를 못 믿는구나. 걱정하지 말렴. 나는 울지도 않을 거고 더 이상 그 어떤 부탁도 안 할 거다. 네가 행복하기 만을 바랄 뿐이란다. 물론 나는 내 말에만 책임을 질 거고, 네 누이한테는 똑같은 것을 요구할 순 없지…"

"저는 확실히 말했어요. 그 여자가 여기 들어오면 저는 여기서 나갈 거고 제가 한 말을 지킬 거예요." 바르바라가 말했다.

"고집스럽군!" 가브릴라가 소리질렀다. "그 고집 때문에 네가 시집을 못 가는 거야! 지금이라도 두 분이서 하고 싶은 대로 하시지. 나도 정말 질렸어. 진짜! 드디어 저희를 가만둘 생각이시군요. 공작!" 공작이 자리에서 일어나는 모습을 보고 공작에게 소리쳤다.

공작은 조용히 방을 나갔다. 갑자기 문 뒤에서 똑똑 소리가 났다. 공작은 문을 열었고 놀라서 멈추어 섰다. 심지어 온 몸을 떨기까지 했다. 앞에는 나스타시야 필리 포브나가 서 있었다. 그녀는 현관을 빨리 가로질러서 공 작을 어깨로 밀치며 짜증스럽게 말했다.

"초인종을 고치기 귀찮으면 문을 두드릴 때 현관에 앉 아있기라도 해야지. 거기, 이제는 코트를 떨어뜨리는군!"

코트는 정말로 바닥에 떨어져 있었다. 나스타시야 필 리포브나는 쳐다보지도 않고 코트를 던졌지만 공작이 그 걸 받지 못 했다.

"가서 말씀드려."

공작은 무슨 말을 하고 싶어했으나 망연자실한 채로 코트를 들고 거실로 갔다.

"아이고, 이제는 코트를 들고 가네! 코트는 왜 들고 있는 거야? 하하하! 아니 미친 거 아니야 뭐야? 어디로 가는 거지? 누가 왔다고 보고할 건가?"

"나스타시야 필리포브나라고요." 공작이 중얼거렸다.

"나를 어떻게 아는 거지?" 그녀가 급하게 물었다. "나 는 너를 한번도 본 적이 없어. 가서 말씀드려… 저기 무 슨 비명 소리지?"

"말다툼 중이죠." 공작이 대답하고 거실로 향했다. 거실로 들어가서 보고했다.

"나스타시야 필리포브나가 왔습니다!"

VIII

나스타시야 필리포브나의 방문은 예기치 못한 일이었다. 지금까지 그녀는 그의 가족을 만나보고 싶다고 표현한 적이 없을 정도로 거만했다. 가브릴라는 그녀가 가족들과 부모님이 그녀를 어떻게 생각하는지 알고 있다는 사실을 알고 있었다.

나스타시야 필리포브나는 거실로 들어와서 공작을 살짝 밀었다.

"드디어 이곳에 들어오게 되었군요…" 그녀는 명랑하게 말했다. "가브릴라, 뭘 그렇게 황당해 하는 거죠? 가족들에게 저를 소개해 주세요…"

가브릴라는 먼저 바르바라에게 그녀를 소개시켜 주었고, 두 여성은 불편한 듯 서로를 쳐다보았다. 니나 알렉산드로브나만이 자신의 '특별한 만족감'에 대해 말하기 시작했지만, 나스타시야 필리포브나는 끝까지 듣지 않고 가브릴라에게 질문을 했다.

"당신 서재는 어디지요? 그리고… 하숙인들은 어디 있나요? 하숙 치는 거 맞죠? 어디서 하숙을 치는 건가요? 그게 돈이 되나요?" 그녀는 갑자기 니나 알렉산드로브나에게 말을 돌렸다.

"좀 정신없긴 하죠." 니나 알렉산드로브나가 답했다.

하지만 나스타시야 필리포브나는 또다시 그녀의 대답을 듣지 않았다. 가냐를 쳐다보며 웃으며 외쳤다.

"왜 얼굴이 그렇죠? 오, 이럴 수가, 지금 이 순간 당신의 얼빠진 모습 너무 웃긴데요!"

공작은 긴장해서 한 걸음 앞으로 나왔다.

"물을 좀 드세요." 공작이 가브릴라에게 속삭였다. "그리고 그렇게 쳐다보지 마세요."

"뭐요, 당신이 의사라도 되시오, 공작?" 가브릴라는 최대한 아무 일도 없었다는 듯 소리 높여 밝은 목소리로 말했다. "나스타시야 필리포브나, 소개해 드리죠. 므이쉬킨 공작입니다."

나스타시야 필리포브나는 놀라서 공작을 쳐다봤다.

"공작? 이 사람이 공작이라고요? 나는 현관에서 이 사람을 하인인 줄 알고 내가 이곳에 왔다고 알리라고까지 했는데! 하하하! 제가 하마터면 당신을 혼낼 뻔했군요. 미안합니다."

"그런데 제가 당신에게 심하게… 실수를 했는데도 왜 아무런 말씀도 하지 않으신 거죠?" 나스타시야 필리포브나는 공작을 머리끝부터 발끝까지 훑어보며 계속 질문했다.

"당신을 갑작스럽게 보게 되어 놀랐습니다…" 공작이 중얼거렸다.

"제가 저인지 어떻게 아셨죠? 어디서 저를 보셨죠?"

"당신의 초상화를 보고 매우 충격받았습니다. 그리고 예판친 장군 가족들과 당신에 대해 이야기를 했지요… 이른 아침 기차 안에서 파르푠 로고진이 당신에 대해 이야기를 많이 하더군요. 그리고 제가 당신에게 문을 열어준 순간 당신에 대해 생각하고 있었는데 그곳에 바로 당신이 서 있던 거죠."

"저를 어떻게 알아보신 거죠?"

"초상화를 보고… 그리고 제가 당신의 모습을 상상해 봤거든요… 그리고 어디선가 본 것 같습니다."

"어디서죠?"

"당신의 눈은 확실히 어디선가 보았습니다… 아마도 꿈에서가 아닐까요…"

공작은 불안한 말투로 몇 마디를 끊어서 말하면서 중간중간에 한숨도 쉬었다. 나스타시야 필리포브나는 호기심 어린 눈으로 공작을 쳐다보았지만 이미 웃음기는 사라져 있었다.

그 순간 현관에서 어마어마하게 큰 초인종 소리가 들려왔다.

현관에 사람들이 시끄럽게 몰려 있었다.

"이런 유다 같은 놈이!" 공작은 익숙한 목소리를 들었다. "안녕하시오, 가브릴라, 비열한 깡패 같은 놈아!"

그 목소리의 주인공은 로고진이었다.

"안녕하시오, 가브릴라, 비열한 깡패 같은 놈! 이 파르폔 로고진을 기다리지 않았단 말인가?" 로고진은 문가에서 가브릴라 맞은 편에 서서 같은 말을 반복했다. 하지만 그 순간 그는 거실에 있는 나스타시야 필리포브나를 바라보았다. 그녀를 본 후 그는 너무나도 놀랐다. 안색은 창백해졌으며 입술까지 파래졌다. "그래, 그렇군!" 그는 말했다. "마침내… 음… 나에게 이제야 답을 하겠군!" 그는 갑자기 사악하고 증오의 눈빛으로 가브릴라를 쳐다보았다…

그는 기계적으로 거실로 들어갔다.

"어떻게? 당신이 여기 있는 거죠, 공작??" 로고진은 또다시 나스타시야 필리포브나에게 시선을 주며 말했다.

나스타시야 필리포브나도 불안해 하면서도 호기심 어린 눈빛으로 들어온 사람들을 쳐다보았다.

가브릴라가 마침내 제정신으로 돌아왔다.

"잠시만요, 이게 다 뭡니까?" 그는 큰 소리로 말하며 매서운 눈빛으로 들어온 사람들을 쳐다보았다. "당신들은 마구간에 온 것이 아닙니다. 이곳에는 제 어머니와 여동생이 있습니다."

"어머니와 여동생이 있는 거 안다." 로고진이 이를 갈며 말했다.

"일단 여기서 다들 나가주시죠, 그리고 무슨 일인지 파악을…"

"파악은 무슨!" 로고진은 그 자리에서 꼼짝하지 않고 음흉하게 웃었다. "로고진을 못 알아본단 말인가?"

"어디선가 만나뵌 적이 있는 것 같긴 한데 도통…"

"어디선가 본 것 같다고? 겨우 3개월 전에 우리 아버지가 너한테 돈 200루블을 잃었단 말이다. 이제는 내가 돈으로 너를 다 사버리려고 왔지! 에이씨!" 그는 소리질렀다. "나스타시야 필리포브나, 저런 놈이랑 결혼하는 거요, 아니면 안 할 거요?"

로고진은 사형선고라도 받은 양 아무것도 잃을 것이 없다는 듯 용기를 내어 어떤 신에게 질문을 던지듯 그녀에게 물어보았다.

나스타시야 필리포브나는 갑자기 목소리 톤을 바꾸었다.

"전혀 아닌데, 그게 당신과 무슨 상관이죠?" 그녀는

진중하면서도 약간 놀란 듯이 답했다.

"아니라고? 아니라고!!" 로고진은 기뻐하며 소리질렀다. "어떤 치들이 나에게 말을 하더군요… 당신이 가브릴라와 약혼했다고! 아, 그게 가능한 소리란 말이오? 내가 이 친구를 백 루블, 아니면 천 루블, 3천 루블로라도 매수해서 자신은 결혼식 전날 도망가고 신부만 남도록 하기로 했지. 이런 가브릴라, 비열한 놈 같으니!"

"여기서 좀 꺼지시지, 당신 지금 취했어!" 가브릴라가 소리쳤다.

"나스타시야 필리포브나!" 로고진이 고함을 질렀다. "여기 1만 8천 루블이 있소!" 그는 그녀 앞에 있는 탁자에 흰 지폐 다발을 던졌다. "그리고… 돈은 더 줄 수 있소!"

나스타시야 필리포브나는 갑자기 웃음을 터뜨렸다.

"1만 8천 루블을 나에게?" 그녀는 따라나설 것처럼 소파에서 몸을 살짝 일으켰다.

"그럼 4만 루블." 로고진이 외쳤다.

나스타시야 필리포브나는 계속해서 웃었다.

"그렇다면 10만! 오늘 내로!"

"설마 여러분 중에 저 파렴치한 여자를 여기서 끌어낼 사람이 한 명도 없는 건가요?" 갑자기 바르바라가 외쳤다.

"나를 파렴치한 여자래!" 유쾌한 듯 나스타시야 필리
포브나가 응수했다. "나는 여러분을 저녁 파티에 초대하
려고 온 바보구만!"

"너 무슨 짓이야?" 가브릴라가 소리지르고 여동생의
팔을 잡았다. 바르바라는 몇 차례 손을 뿌리치려 하다가
이성을 잃고 오빠의 얼굴에 침을 뱉었다.

"오, 대단한 아가씨인데!" 나스타시야 필리포브나가 외
쳤다. "브라보, 축하합니다!"

가브릴라는 눈빛이 어두워지더니 완전 이성을 잃고는
온 힘을 다해 여동생에게 손을 쳐들었다. 그러나 다른
손이 가브릴라의 손을 저지했다.

두 남매 사이에 공작이 서있었다.

"그만하세요!" 공작이 말했다.

가브릴라는 바르바라의 팔을 내던지고 공작의 뺨을
있는 힘껏 내리쳤다.

공작은 창백해졌고, 가브릴라의 눈을 똑바로 쳐다봤
다.

"방금 한 일로 인해 나중에 얼마나 부끄러우시겠어
요!"

나스타시야 필리포브나는 거실에서 나갔다.

"배웅나오지 마세요!" 그녀는 가브릴라에게 외쳤다.
"안녕히 계세요, 저녁에 뵙지요!"

IX

공작은 방에 홀로 남았다. 얼마 안 있어 바르바라가 들어왔다. 문이 또다시 열리더니 가브릴라가 들어왔다. 문지방에 서서 바르바라를 보고는 결심한 듯이 공작에게 다가왔다.

"공작, 내가 비겁했소. 나를 용서하시오." 갑자기 그는 이렇게 말했다.

"저는 당신이 이런 말을 할 줄 몰랐습니다!" 공작도 결국 말했다. "이렇게 사과할 줄 모른다고 생각했는데…"

"사과할 줄 모른다고요..? 내가 대체 왜 당신을 백치라고 여겼는지! 당신은 다른 사람들이 절대 보지 못하는 것을 보는 사람입니다. 당신과는 말이 통할 것 같지만... 이야기하지 않는 것이 낫겠소!"

"당신이 사과해야 할 분이 한 명 더 있습니다." 공작이 바르바라를 가리키며 말했다.

"아뇨, 여기는 제 적이나 다름없습니다. 절대로 나를 진심으로 용서하지 않을 겁니다!"

"아뇨, 용서해요!" 바르바라가 갑자기 말했다.

"그러면 저녁에 나스타시야 필리포브나에게 갈 거야?"

"가도록 하죠. 만약 그러라고 시키면요. 다만 그 여자가 오빠를 비웃었단 점을 잊지 마요! 7만 5천 루블로도 안 된다고요, 오빠!"

"저는 공작 당신의 의견을 알고 싶습니다. 7만 5천 루블의 가치가 없습니까?"

"제 생각에는 그럴 가치는 없습니다."

"그러면 결혼하는 것도 그렇게 부끄러운 일인가요?"

"매우 그렇습니다."

"어쨌거나 제가 결혼하는 걸로 알고 계시죠. 이젠 꼭 결혼해야겠군요. 내가 비열한 놈입니까?"

"저는 당신이 비열하다고는 절대 생각하지 않을 겁니다." 공작이 말했다. "제 생각에 당신은 정말 평범한데 좀 유약한 편이면서 딱히 개성이 있는 분은 아니죠. 경솔하게 행동하신 건 아닌지 잘 생각해 보셨나요?"

"내가 아직 소년 시절일 때부터 내 자신을 잘 알고 있었소." 가브릴라가 말을 끊었다. "나는 돈 때문에 이 결혼을 하는 것이 아니오. 나는 열정을 갖고 결혼을 하려는 것이오. 나는 목표가 있소. 나는 돈이 필요하오. 하지만, 하하하! 깜박하고 못 물어봤군. 내가 보기엔 공작 당신이 나스타시야 필리포브나의 어떤 부분을 지나치게 좋아하는 것처럼 보이는데 맞소?

"예… 좋아하죠."

"사랑에 빠지셨소?"

"아, 아니오."

"얼굴이 완전히 홍당무가 되셨군. 뭐 괜찮아요, 웃지 않을 겁니다. 그 여자는 매우 고상한 사람입니다. 공작은 그녀가 토츠키와 동거한다고 생각하나요? 전혀 아닙니다! 이미 오래 전 이야기입니다. 혹시 어제 그 여자가 엄청 수줍어하던 모습을 눈치챘나요? 그런 사람들이 남들을 쥐락펴락 하는 것을 더 좋아하기 마련입니다. 그럼, 이만!"

가브릴라는 기분좋은 모습으로 나갔다.

X

저녁에 공작은 나스타시야 필리포브나에게 갔다. 그곳
에서 무엇을 할 건지 왜 가는지에 대한 질문에 대해 공
작은 적절한 답을 찾지 못했다. 어떤 식으로든 나스타시
야 필리포브나에게, "이 사람과 결혼하지 마세요, 그 남
자는 당신을 사랑하는 게 아니라 당신의 돈을 사랑하는
겁니다."라고 말할 수 있다 해도 그것이 옳은지는 모를
일이니 말이다.

나스타시야 필리포브나의 아파트는 그렇게 크진 않았
지만 잘 꾸며져 있었다. 그날 저녁 나스타시야 필리포브
나의 집에 모인 사람들은 수시로 그녀의 집을 드나드는
지인들이었다. 오히려 예전 모임에 비해 사람이 더 적은
편이었다. 아파나시 이바노비치 토츠키와 이반 표도로비
치 예판친이 있었고, 가브릴라는 한쪽에 멀찌감치 서서
침묵하고 있었다. 예판친 장군은 그 누구보다 안절부절

못했다. 나스타시야는 그가 오전에 선물한 진주를 정중하지만 냉소를 머금을 정도로 도도한 태도로 받았기 때문이다. 나머지 손님들은 무슨 이야기를 해야 할지조차 모르고 있었다.

그런 상황에서 공작의 등장은 매우 시의적절해 보였다.

나스타시야 필리포브나는 일어나서 공작을 맞이하러 갔다.

"아쉬웠어요." 그녀가 말했다. "제가 당신을 깜박하고 초대하지 않아서요. 다행히도 당신이 직접 와주셔서 제가 감사를 표할 기회를 주셨군요."

거실 입구 바로 앞에서 공작은 갑자기 멈추어 서서 평소와 다르게 흥분한 상태로 그녀에게 속삭였다.

"당신의 모든 것은 이상적일 정도로 완벽합니다. 마르고 창백한 모습조차도요. 꼭 당신께 오고 싶었어요… 죄송합니다…"

"죄송하다고 하지 마세요." 나스타시야 필리포브나가 웃었다. "그러면 당신의 독특한 개성이 사라지잖아요. 그런데 제가 이상적이라고요. 네?"

"예."

"당신이 수수께끼를 잘 맞추는 천재라 해도 오늘은 잘못 짚으셨어요. 오늘 잘못 짚으셨다는 점을 깨닫게 해

드리지요."

그녀는 공작을 손님들에게 소개했다. 토츠키는 때마침 인사치레 같은 말을 했다. 모두가 동시에 말을 시작하며 웃었다. 나스타시야 필리포브나는 공작을 자기 옆에 앉게 했다.

"여러분, 혹시 샴페인 원하시는 분 계십니까?" 나스타시야 필리포브나가 갑자기 말했다. "샴페인이 준비되어 있습니다. 아마 분위기가 더 화기애애해질 것 같네요. 격식 차리지 마시고 편안한 시간 보내세요."

"게임을 하면 좋을 것 같네요." 한 손님이 갑자기 제안했다. "새로운 게임을 압니다! 예전에 있던 모임에서 누군가가 갑자기 제안을 하더군요. 모든 사람들이 지금까지 저질렀던 나쁜 행동 중 가장 나쁘다고 생각했던 일을 말하는 겁니다. 물론 속이면 안 되고 진실을 이야기해야죠!"

"이상한 발상이군." 장군이 말했다.

"우스운 생각이군요." 토츠키가 말했다.

"그래서 게임은 잘 됐나요?" 나스타시야 필리포브나가 물었다.

"아뇨, 잘 안 됐죠. 모든 사람들이 다 자기 이야기를 했는데 나중에 민망해하며 어쩔 줄 몰라했죠!"

"아, 그렇죠, 좋을 것 같은데요!" 나스타시야 필리포브나가 말했다. "지금 이곳 분위기가 그렇게 유쾌하지 않잖아요. 아마 우리는 민망하지 않을 겁니다!"

"천재적인 발상이군요! 여성분들은 제외시켜 드리고 남성분들부터 시작합니다. 탐탁치 않은 분들은 참여 안 하셔도 됩니다!"

사람들은 이 아이디어를 썩 내켜하진 않았다.

"거짓말 하지 않는다는 것을 어떻게 증명하죠?" 가브릴라가 물었다. "만약 누군가가 거짓말을 한다면 그 순간 게임의 의미는 사라지겠죠. 그런데 누가 속이지 않겠습니까? 결국은 모두가 거짓말을 하게 될 것입니다."

"여기 있는 사람들이 하는 거짓말 이야기만으로도 이미 흥미진진한데요. 가브릴라, 특히 당신은 아무것도 걱정할 필요가 없어요. 당신이 했던 가장 나쁜 행동은 모든 사람들이 이미 다 알고 있거든요. 자 여러분, 다시 돌아오시죠. 장군님, 순서상으로 장군님이 다음이네요." 예판친에게 나스타시야 필리포브나가 말했다.

"여러분, 다른 모든 분들과 마찬가지로 인생에서 전혀 고상하지 못한 행동을 한 경험이 있습니다." 장군이 말을 시작했다. "그런데 가장 이상한 점은 이 사건이 제가 살면서 가장 나쁘다고 생각한다는 거죠. 어리석은 일이었습니다. 저는 당시 군대에 있었습니다. 그리고 80살쯤 된 한 노파의 집이 숙소로 정해졌습니다. 노파의 집은 낡았고, 노파는 빈곤해서 하녀를 두지도 못했습니다. 그런데 어느 날 그 노파가 제 수탉을 훔쳤습니다. 저는 노파에게 가서 따졌습니다. 노파는 앉아서 저를 쳐다보는데 한 마디도 대꾸를 하지 않더군요. 너무 당황해서 저는 그곳에서 떠났습니다. 저녁에 집으로 돌아왔죠. 이웃이 말하더군요. '그 당신 하숙집 노파가 죽었다고 합니다.' '언제요?' '한 1시간 반 전쯤이요.' 즉, 제가 그녀에게 따지고 있던 순간 그녀는 죽었던 겁니다. 저는 아무 생각 없이 3일째 되는 날 교회 장례식에 참석했습니다. 저는 15년 전쯤 제가 두 명의 노파를 양로원으로 보내서 부양하기 전까지 계속 마음이 편치 않았습니다."

"장군, 저는 당신이 그렇게 마음이 따뜻한 분인 줄은 생각도 못 했네요. 몰라뵈서 유감입니다." 나스타시야 필리포브나가 아무렇게나 말을 내뱉었다.

토츠키의 순서가 되었다.

"이런, 제 인생에서 가장 경솔하고 또… 경박했던 행동 중 제 마음을 아직도 무겁게 누르고 있는 사건을 말씀드리겠습니다. 20년 전쯤 전 저는 시골에 사는 제 친구 플라톤 오르딘체프에게 갔습니다. 그 친구는 젊은 아내와 겨울 휴가를 보내러 가 있었죠. 당시만 해도 뒤마의 '춘희(동백 아가씨)' 소설이 유행이었습니다. 동백꽃도 이례적으로 유행을 타게 되었죠. 제 또다른 지인 페챠가 그때 오르딘체프의 부인을 사랑하게 되었습니다. 불쌍한 그 사람은 저녁 무도회에 동백꽃을 부인에게 가져다주려고 미친 듯 혈안이었습니다. 그 부인은 빨간 동백꽃을 그렇게 원했어요. 무도회 전날 밤 페챠를 만났습니다. "구했어!" "어디서? 어떻게?" "여기서 멀지 않은 한 작은 도시에 있는 한 상인이 동백꽃을 판다네." "언제 가려고?" "내일 5시에." "음, 행운을 비네!" 저 역시 기뻤습니다. 자려고 누웠는데 갑자기 어떤 생각에 사로잡혔습니다. 그리고는 저는 그 꽃을 사러 그 도시로 출발했습니다. 돌아와서는 그 아름다운 부인에게 꽃다발을 보냈죠. 아마 여러분들도 그 부인이 얼마나 기뻐했을지, 어떤 감사의 눈물을 흘렸을지는 상상하실 수 있을 겁니다. 페챠는 저녁 즈음 몸져 누웠고 아침에는 열이 났습니다. 한 달 후에 카프카즈로 자원 입대를 했죠. 크림에서 전사했습니다. 수년이 흐른 후에 양심의 가책이 느껴지더군요. 대체 왜, 무엇 때문에 내가 그 사람한테 그런 짓을 한 것일까? 그 꽃다발 사건만 없었다면 그 사람은 지금까지 잘 살고 있을지도 모르는데 말입니다."

토츠키는 말을 마쳤다. 나스타시야 필리포브나의 눈이 유독 번쩍이기 시작했고, 그가 이야기를 마쳤을때 심지어 입술은 떨리기까지 했다. 모든 사람들이 호기심 어린 눈빛으로 둘을 쳐다보았다.

"게임이 지루하군요 얼른 끝내야겠어요." 나스타시야 필리포브나가 말했다. "제 이야기를 해 드리죠. 다들 카드 게임을 하시죠." "공작." 갑자기 나스타시야 필리포브나는 므이쉬킨 공작에게 말을 걸었다. "이곳에 계신 제 오랜 친구인 장군과 토츠키 씨는 저를 시집보내고 싶어 한답니다. 공작께선 제가 결혼하는 게 나을지 아닐지를 말씀해주세요. 말씀하시는 대로 하려고요."

토츠키는 얼굴이 하얗게 질리고 장군은 뻣뻣하게 굳었다. 가브릴라는 그 자리에서 미동도 하지 못 했다.

"누구와 결혼한단 말씀이십니까?" 공작은 기어들어가는 목소리로 물었다.

"가브릴라 아르달리오노비치 이볼긴이오." 나스타시야 필리포브나가 정확하고 똑부러지게 계속해서 말했다.

몇 초 동안 침묵이 흘렀다.

"아, 아뇨… 결혼하지 마세요!" 공작이 마침내 중얼거렸다.

"그럼 그렇게 해야죠! 가브릴라 아르달리오노비치! 공작이 어떤 결정을 내렸는지 들으셨죠? 자, 제 대답도 그렇습니다. 이 일은 영원히 매듭지은 것으로 하죠!"

"나스타시야 필리포브나, 이건 너무 가볍게 결정하는 거 아니오!" 토츠키가 떨리는 목소리로 말했다.

"나스타시야 필리포브나!" 장군은 불안해 하며 그녀를

불렀다.

"하지만… 기억해 보시오, 나스타시야 필리포브나," 토츠키가 계속해서 웅얼거렸다. "약속하지 않았소… 나는 어려운 상황이고… 이런 순간에… 사람들 앞에서…"

"아파나시 이바노비치(토츠키), 이해할 수 없군요. 일단 '사람들 앞에서'가 무슨 뜻이죠? 우리는 정말 모든 것을 터놓는 사이 아니던가요? 그리고 뭐가 '가볍다'는 거죠? 제가 공작에게 '하라는 대로 하겠다'라고 말한 걸 들으셨죠. 내 인생은 머리카락 한 올에 달려있는 거였어요. 이보다 더 진중할 수 있나요?"

"그런데 왜 여기 공작이 끼어드는 거요? 대체 왜 공작이?" 장군은 계속 웅얼댔다.

"공작은 제가 인생에서 처음으로 신뢰하는 사람이거든요. 공작도 첫눈에 저를 믿었고, 저 역시 마찬가지입니다."

"저는 이제… 저에게 각별히 세심함을 보여주신 나스타시야 필리포브나에게 감사드릴 일만 남았군요." 가브릴라가 떨리는 목소리로 말했다. "그런데… 공작은 이 일에서…"

"아파나시 이바노비치(토츠키), 제가 이 말씀을 깜박했군요. 7만 5천 루블은 가져가시고 제가 자유를 거저 드리지요. 만족하시겠죠! 9년 3개월이라! 내일은 새로운 시작이고 오늘은 제 생일이니 제 삶에서 처음으로 제 마음대로 하겠어요! 장군, 진주도 가져가셔서 사모님께 선물하시죠. 내일 저는 이 아파트에서 나갈 겁니다. 그리고 더 이상 파티는 없습니다, 여러분!"

이 말을 마치고 그녀는 갑자기 나가버릴 것처럼 벌떡 일어났다.

"나스타시야 필리포브나!" 여기저기서 그녀를 부르는 소리가 들렸다.

모두가 흥분해서 자리에서 일어났다. 그 순간 매우 강력한 초인종 소리가 들려왔는데, 가브릴라의 집에서 오후에 들었던 그 소리였다.

"아! 드디어 대단원의 막을 내리는군! 드디어! 11시 반이군요!" 나스타시야 필리포브나가 외쳤다. "여러분 모두 앉아주시죠. 드디어 결말이 납니다!"

이 말을 한 후 그녀가 먼저 앉았다. 그녀는 조용히 앉아서 신경질적으로 문을 쳐다보았다.

"로고진이 10만 루블을 들고 왔군. 확실해." 가브릴라가 되뇌었다.

여종 카챠가 심하게 겁에 질려서 방에 들어왔다.

"나스타시야 필리포브나, 열 명의 사람들이 취해서 왔
는데, 로고진이란 사람을 아가씨께서 알고 있다고 말하
네요."

"맞아, 카챠, 들여보네."

로고진의 무리는 오후에 봤던 사람들 그대로였다.

로고진은 비틀거리면서 탁자로 다가가 거실로 들고 들
어온 이상한 물건을 내려놓았다. 신문지로 싼 큰 종이뭉
치였다.

"이게 뭐죠?" 나스타시야 필리포브나가 로고진을 호기
심 어린 눈빛으로 자세히 바라보다 그 '물건'을 가리키며
물었다.

"10만!" 로고진은 거의 속삭이듯 답했다.

"아, 그 약속을 지켰군요!"

"여러분, 이건 10만 루블입니다."

"이건 말입니다, 여러분, 10만 루블입니다." 나스타시야 필리포브나가 말했다. "이 더러운 뭉치가 말이죠. 이걸로 이 남자는 저를 샀어요. 처음에는 1만 8천 루블에서 시작하더니 4만 루블, 그 다음에는 10만 루블까지 값을 올렸네요. 자, 여기 와서 10만 루블을 탁자에 놓았는데, 5년 동안 순결하게 산 결과겠죠. 아마 밖에는 삼두마차가 저를 기다리고 있을 겁니다. 저를 10만 루블로 평가한 거죠! 가브릴라, 아직도 저에게 화를 내고 있나요? 설마 저를 당신 가족의 일원으로 들이길 원했나요? 나는 로고진의 여자인데 말이죠! 일부러 마지막으로 당신 집으로 간 거였어요. 어디까지 갈 수 있을까요? 당신 집에서 로고진은 당신 어머니와 여동생 앞에서 나를 매수했는데도 저랑 결혼하러 이곳에 오셨군요. 로고진이 진실을 말한 것이 아닌가요? 당신은 3루블에 바실리옙스키 섬까지 기어서 갈 인간이라고?"

"기어가다마다." 로고진이 작지만 확신에 차서 말했다.

"산책하고 싶군요!" 나스타시야 필리포브나가 갑자기 웃었다. "오늘은 나의 날이고 오랫동안 이 날을 고대해 왔어요. 여러분, 저 동백꽃 신사가 보이시죠? 저는 저 남자를 5년 꼬박 괴롭혔고 놔주지 않았어요. 그럴 가치가 있었을까요! 저 사람은 원래 그런 사람이었는데 말이죠… 제가 잘못했다고 생각하더군요. 교육도 해 주고 백작부인처럼 살게 하느라 돈도 어마어마하게 나갔고요. 또 뭐가 있더라. 제가 5년 넘게 동거하지도 않았는데 돈은 뜯어갔죠! 오래 전부터 결혼할 수는 있었는데, 아, 물론 가브릴라와 할 수 있었다는 이야기는 아니고요. 아뇨, 차라리 저에게 어울리게 거리에 나앉는 것이 나아요! 이제 저는 가진 게 아무것도 없는데 누가 이런 저를 데려가겠어요? 여기 공작님이 있네요. 저를 데려가시겠어요?" 그녀가 물었다.

"네, 그러죠." 공작이 중얼거렸다.

"아무것도 없는 저를 그냥 데려간다고요?"

"데려갑니다, 나스타시야 필리포브나…"

"정말 선의에서 그런 말씀하시는 거 잘 압니다. 그런데 사랑해서 로고진의 여자를 데려간다 쳐도, 공작인 당신이 뭘로 생계를 꾸릴 거냐고요…"

"저는 당신이 정직한 여인이라서 데려간다는 겁니다, 나스타시야 필리포브나." 공작이 말했다.

"이런 '내'가 정직하다고요?"

"당신이요."

"흠, 이건… 무슨 소설에 나올 법한 얘기군요!"

공작은 일어나서 떨리는 목소리로 소심하지만 동시에 깊게 확신에 차서 말했다.

"저는 아무것도 모릅니다, 나스타시야 필리포브나. 아마 당신 말씀이 맞을 수도 있겠지만 저는… 제가 아닌 당신이 저에게 영광을 베풀어 준다고 생각합니다. 저는 아무것도 아니지만 당신은 지옥에서 고통받았고 순결하게 그곳에서 빠져나왔습니다. 그것은 많은 것을 의미합니다. 왜 당신은 수치스러워 하며 로고진과 떠나려고 하십니까? 그건 그냥 병입니다… 저는 당신을… 나스타시야 필리포브나, 당신을 사랑합니다. 저는 당신을 위해 죽을 수도 있습니다, 나스타시야 필리포브나. 만약 우리가 가난해지면 저는 일을 할 겁니다, 나스타시야 필리포브나… 하지만 우리는 아마도 가난하지 않고 매우 부자가 될 수도 있습니다, 나스타시야 필리포브나. 아직 확실하진 않지만, 스위스에 있을 때 모스크바에 있는 살라즈킨 씨로부터 편지를 받았는데 제가 매우 큰 유산을 받을 수도 있을 거라고 하더군요. 그 편지가 여기 있습니다…"

공작은 정말로 주머니에서 편지를 꺼냈다.

"지금 살라즈킨 씨라고 했습니까?" 손님 중 한 명이 물었다. "그쪽 업계에서는 꽤 유명한 사람이라 믿을 만합니다. 제가 얼마 전에 업무적으로 볼 일이 있어서 그 사람 필체를 압니다… 편지를 보게 해 주신다면 제가 도움이 될 수 있을 것 같군요."

공작은 그에게 편지를 건넸다.

"맞습니다." 그 손님은 편지를 공작에게 돌려주며 마침내 말했다. 당신은 이모님의 유언에 따라 막대한 금액을 상속받게 됩니다. 축하합니다, 공작! 아마 백 오십만 루블을 상속받거나 그보다 더 받게 될 겁니다."

"므이쉬킨 가문의 마지막 공작! 만세!" 레베제프가 술에 취한 목소리로 웅얼댔다.

"아, 나는 저 가난한 사람에게 25루블을 빌려줬다고, 하하하!" 장군이 말했다. "오, 축하하오." 그리고는 공작을 안아주려고 다가왔다. 장군을 필두로 다른 사람들도 공작에게 다가왔다. 그 순간 나스타시야 필리포브나는 잊혀지는 듯했다. 그녀는 갑자기 공작 쪽을 바라보며 그를 한참 훑어보았다.

"그러니까 공작부인이라 이거죠!" 그녀는 중얼거리며 웃었다. "예상치 못한 결말인데요… 여러분, 잠깐 기다리시고 저와 공작을 축하해 주시죠! 자 와인을 가져다 주세요!"

"만세!" 많은 사람들이 외쳤다. 로고진은 아무것도 이해하지 못한 채로 서 있었다.

나스타시야 필리포브나가 깔깔대고 웃었다.

"아파나시 이바노비치(토츠키), 어떻게 생각하세요, 저런 남편이 생긴다는 게 득이 될 것 같지 않나요? 백오십만 루블에, 공작에, 또 거기다가 뭐가 있더라… 백치라고도 하는데 뭐가 더 좋겠어요? 당신은 늦었어요, 로고진! 돈다발 따위 치우시죠. 나는 공작한테 시집가서 당신보다 부자가 될 테니까!"

로고진은 드디어 상황 파악을 했다.

"그만둬!" 그는 공작에게 고함쳤다. "모든 걸 주겠어…"

"듣고 있죠, 공작." 나스타시야 필리포브나가 공작에게 말했다. "무식한 놈이 저런 식으로 당신의 신부를 사려고 합니다."

"저 사람은 취했어요." 공작이 말했다. "저 사람은 당신을 사랑합니다."

"나중에 창피하지 않겠어요? 당신의 신부가 로고진이랑 도망갈 뻔했다는 사실이?"

"당신은 지금 열에 들떠있어서 그래요. 약간 헛소리를 하는 겁니다."

"그러면 당신의 아내가 토츠키의 정부로 살았다는 사실을 부끄러워하지 않을 수 있나요?"

"네, 부끄러워하지 않을 겁니다… 당신 의지로 토츠키와 산 것이 아니었으니까요."

"절대 그 사실에 대해 나무라지 않을 수 있나요?"

"그런 일은 결코 없을 겁니다. 나스타시야 필리포브나." 공작은 그녀의 마음을 공감하는 말투로 말했다. "당신에게 말씀드렸듯이 당신이 승낙했다는 사실이 제게는 영광입니다. 당신은 이 말을 듣고 웃었고, 주변에서도 마찬가지였죠. 아마 저 자체가 우스웠을지도 모릅니다만, 저는… 무엇이 영광인지를 알고 있기에 이런 말씀을 드리는 겁니다. 당신은 지금 스스로를 망치려 하지만 당신은 아무런 잘못이 없습니다. 당신에게 로고진이 찾아왔고, 가브릴라 아르달리오노비치가 당신을 속이려 한 것이 뭐 어떻단 말입니까? 당신은 아무나 할 수 없는 일을 한 겁니다. 당신은 도도해 보이지만 스스로를 자책하기 때문에 지금은 행복하지 않을 수도 있습니다. 제가 당신을 돌봐드리겠습니다. 저는… 저는 당신을 평생 존경하며 살 겁니다, 나스타시야 필리포브나." 공작은 갑자기 정신이 들었는지 말을 마쳤다.

"고마워요, 공작. 지금까지 그 누구도 나에게 이런 말을 해준 적은 없어요." 나스타시야 필리포브나가 말했다. "로고진, 가만 좀 있으시죠. 어쩌면 당신이랑 같이 갈 수도 있어요. 이런 순진한 아이 같은 사람을 망친다고요? 갑시다, 로고진! 돈 뭉치 챙겨요! 당신은 결혼을 하고 싶었고 돈도 챙길 수 있을 거라고 생각했죠? 말도 안 되지! 나는 파렴치한 여자예요! 공작! 당신에게는 아글라야 예판치나 같은 여자가 필요하지 나스타시야 필리포브나는 아니에요! 당신은 아니라고 하지만 나는 당신의 인생을 파멸시켰다고 스스로를 질책할까봐 두려워요…"

"그럴리가요!" 공작이 신음 소리를 냈다.

"음, 이런 내가 어떤 아내가 될 수 있겠어요? 아파나시 이바노비치, 나는 백만 루블도 창 밖으로 집어 던졌어요! 7만 5천 루블은 가져가시고요, 가브릴라는 제가 직접 위로해 줄 겁니다. 뭔가 아이디어가 떠올랐어요. 이제 나는 산책을 나가고 싶군요, 나는 원래 거리의 여자니까! 로고진, 뭐해요? 준비해서 갑시다!"

"갑시다!" 로고진은 외쳤다. "와인!"

"와인 가져가요, 마실 거니까. 음악은 있나?"

"음악 있지, 있고 말고! 이리로 오지마! 내 여자다! 여왕이다! 이제 끝이다!"

로고진은 기쁨에 겨워 나스타시야 필리포브나 주위를 서성이며 모두에게 소리질렀다.

"뭐 그렇게 소리를 지르나요!" 나스타시야 필리포브나는 깔깔댔다. "저 아직 이 집 주인이에요. 제가 하고 싶으면 당신을 얼마든지 쫓아낼 수 있어요. 아직 당신한테서 돈을 가져오지도 못했는데 돈 전체를 이리로 주시죠! 10만 루블? 공작, 이걸 보세요, 당신의 신부는 돈을 가져갔는데 탐욕스럽고 방탕하거든요. 당신은 그런 여자를 데려오고 싶어했어요. 지금 우는 거예요? 웃으세요." 나스타시야 필리포브나 역시 뺨에 굵은 눈물 방울이 흐른 채 말을 이어갔다. "이게 훨씬 나아요, 우리에게 행복이란 없을 테니까! 좋게 헤어지는 게 나아요. 어차피 나도 몽상가니까! 내가 설마 당신 같은 사람을 꿈꾸어 보지 않았겠어요? 당신처럼 선하고 정직하고 좋은 사람, 그러면서도 약간 멍청한 사람을 꿈꾸어 보았죠."

나스타시야 필리포브나는 돈뭉치를 손에 쥐었다.

"가브릴라, 아이디어가 떠올랐어요. 제가 당신에게 보상을 해주고 싶군요. 로고진, 이 사람이 3루블만 줘도 바실리옙스키 섬까지 기어갈 거라고 했죠?"

"충분히 기어가지!"

"가브릴라, 제 말을 들어보시죠. 마지막으로 당신의 영혼을 들여다보고 싶군요. 당신은 최근 3개월 꼬박 저를 괴롭혔죠. 이제는 제 차례입니다. 이 종이 뭉치 보이시죠? 무려 10만 루블입니다! 제가 이 돈뭉치를 벽난로 불구덩이에 던질 겁니다. 모두가 증인이에요! 이 뭉치가 불길에 완전히 휩싸이면 벽난로에 기어들어가서 맨손으로 꺼내오세요. 만약 기어들어가지 않으면 다 타버릴 겁니다. 다른 사람은 안 되요. 내 돈이라고요! 그 돈은 제가 하룻밤 사이에 로고진으로부터 획득한 돈이에요. 로고진, 이 돈은 내 돈이 맞죠?"

"당신 돈이지, 나의 기쁨, 나의 여왕이여!"

"그럼 다 제가 하고 싶은 대로 하겠어요!" 나스타시야 필리포브나가 외치고는 돈뭉치를 집어서 불길 속에 던졌다.

"이럴수가, 이럴수가!" 주위에서 난리가 났다. 모두가 일어서서 벽난로 주위에 모여 엎드려 구경하며 비명을 질렀다…

"여주인님! 여왕님! 전지전능한 여신이여!" 레베제프는 무릎을 꿇고 나스타시야 필리포브나 앞에 기어와서 외쳤다. "10만이라고요! 자비로운 이여! 저에게 벽난로로 가라고 명령해 주세요! 몸 전체로 기어들어가겠습니다…"

"물러서요!" 나스타시야 필리포브나가 그를 밀어내며 외쳤다. "모두 물러서요! 가브릴라, 왜 그러고 서있는 거죠? 부끄러워하지 말아요! 기어가요! 당신의 행복이에요!!"

그러나 가브릴라는 이날 너무 많은 기력을 소진해서 이 마지막 관문을 통과할 준비가 되어있지 않았다. 그는 자리에서 움직이지 않았다.

"이봐요, 다 타버릴 거에요! 안 끄집어내면 목매서 죽고 싶을 걸요! 저 지금 장난 아닙니다!"

가늘고 긴 불길이 돈뭉치를 훑어 올리더니 종이를 따라 위로, 네 귀퉁이로 퍼져 갑자기 돈뭉치가 벽난로에서 불타올랐다. 모두가 신음소리를 냈다.

로고진은 한 곳에만 시선을 고정시켰다. 그는 나스타

시야 필리포브나로부터 눈길을 떼지 못했다.

"바로 이런 여자가 여왕이지!" 그는 계속 말을 반복했다. "바로 이게 진정한 우리 여왕이지!"

공작은 슬픈 눈빛으로 상황을 조용히 주시했다.

"탄다, 탄다!" 모두가 한 목소리로 외쳤다.

가브릴라는 돌아서서 문가로 다가갔으나 두 발자국도 채 떼지 못하고 비틀거리다 쓰러졌다.

"카챠, 물을 갖다줘!" 나스타시야 필리포브나는 소리지른 후 벽난로 집게를 집어 돈뭉치를 꺼냈다. 겉에 싼 종이는 다 탔지만 안에 있는 돈을 멀쩡했다. 모두가 안도의 한숨을 내쉬었다.

"돈뭉치 전체는 그의 것입니다!" 나스타시야 필리포브나가 선언하고 가브릴라 옆에 돈뭉치를 놓았다. "결국 돈속으로 뛰어들지 않고 견뎌냈군요! 자존감이 돈에 대한 열망보다 강하단 뜻이죠. 로고진, 갑시다! 공작, 안녕히 계세요. 처음으로 인간다운 인간을 보았네요! 아파나시 이바노비치, 안녕히 계세요, 그동안 고마웠어요!"

제2부

I

이틀 후 므이쉬킨 공작은 서둘러 모스크바로 가서 예상치 못한 유산을 상속받았다. 공작은 정확히 6개월 동안 그곳에서 지냈다. 나스타시야 필리포브나는 바로 다음날 로고진으로부터 도망쳐 자취를 감추었는데, 결국 알아낸 바에 따르면 그녀 역시 모스크바로 떠났다는 사실이다. 로고진의 무리는 로고진을 필두로 그녀의 행방을 찾아 떠났다.

가브릴라 아르달리오노비치 이볼긴은 병이 나서 사교계뿐 아니라 직장에도 나가지 못하게 되었다. 한 달 정도 앓고난 후 그는 몸이 회복되었지만 직장은 나가지 못했다. 예판친 장군 집에는 한 번도 모습을 보인 적이 없으며, 장군 집에는 다른 공무원이 나가게 되었다. 바르바라 아르달리오노브나는 그해 겨울 결혼했다.

로고진은 모스크바를 샅샅이 뒤져 나스타시야 필리

포브나를 찾아냈고, 그녀는 또다시 로고진과 결혼하기로 약속했다. 그리고 다시 결혼식 직전에 도망갔다. 므이쉬킨 공작 역시 모스크바에서 자취를 감추었다.

6개월 후 불쌍한 공작은 페테르부르크에서 완전히 잊혀졌다.

그러던 어느날 아글라야는 편지 한 통을 받았다.

"언젠가 당신은 저를 믿어주셨습니다. 아마 지금쯤은 저를 완전히 잊으셨겠지요. 하지만 당신에게, 바로 당신에게 저에 대해 상기시켜드리고픈 강한 열망이 생겨서 편지를 씁니다. 당신 세 분은 저에게 정말 중요한, 그것도 매우 필요한 존재였습니다. 당신께 저에 대해서는 쓸 말도, 드릴 말씀도 없습니다. 별로 그러고 싶지도 않았고요. 제가 정말 바라는 바는 당신의 행복입니다. 행복하신가요? 바로 그것만이 제가 당신께 묻고 싶은 말입니다. 당신의 오라비, 므이쉬킨 공작."

아글라야는 이 짧으면서 이해하기 힘든 편지를 읽고 얼굴이 온통 빨개져서 생각에 잠겼다. 뭔가 부끄러운 심정이었다. 그리고는 조롱하는 듯한 의미심장한 미소를 띠며 편지를 탁자 위에 던져 놓았다.

II

어느 6월, 페테르부르크 날씨 치고는 드물게 화창한 날이었다. 예판친 가족들은 파블롭스크 시에 있는 호화로운 별장으로 옮겨가 있었다.

예판친 가족들이 옮겨간 다음날, 혹은 그 다다음날 레프 니콜라예비치 므이쉬킨 공작이 모스크바에서 돌아왔다.

마부는 리체이니 거리에서 멀지 않은 호텔에 공작을 데려다 주었다. 호텔은 좋은 편은 아니었다. 공작은 크지 않은 방을 두 개를 잡아 씻고 옷을 입은 후에 서둘러 밖으로 나갔다.

공작은 마부를 불러서 페스키로 향했다. 그곳에서 자그마한 목조 가옥을 찾았다. 이 작은 가옥은 공작이 보기에도 놀랄 정도로 매우 예쁘고 깨끗한 데다가 꽃이 피는 정원이 딸려 있었다. 공작은 안으로 들어가 현관 입구를 올라가서 레베제프가 있는지 물어보았다.

레베제프는 공작을 보고는 그에게 달려왔다.

"공작 각하!" 그는 공작에게 말했다. "제 여식 류보비인데 출산 중에 죽은 옐레나의 딸이죠. 그리고 얘는 제 딸 베라이고 상복을 입고 있죠… 그리고 얘는… 얘는…"

"왜 그렇게 더듬거려요?" 한 청년이 소리쳤다. "계속 말씀하세요!"

"이런 버릇없는 놈 같으니!" 레베제프가 소리질렀다. "제 친조카입니다!"

"므이쉬킨 공작님이십니까? 공작님보다 똑똑한 사람은 세상에 없다고들 하던데요."

"지금 그게 무슨 말씀이십니까?" 공작은 짜증을 내듯 말했다.

공작은 머리가 아프기 시작했다. 안 그래도 레베제프가 횡설수설 자꾸 본질에서 벗어난 이야기를 한다고 확신했다.

"제가 무슨 일이 일어났는지 간단히 요약해 드리겠습니다. 저는 이 분의 조카입니다. 저는 학교를 아직 마치지 못했지만 마치고 싶습니다. 저도 뚝심이 있는 놈입니다. 근데 생계를 위해 철도에서 25루블씩 받고 일을 할 계획입니다. 제가 20루블이 있었는데 그 돈을 도박에서 잃었습니다. 속으로 생각했죠. 잃으면 삼촌에게 가서 부탁드리면 도움을 거절하진 않으시겠지 하고요. 그런데 철도에서 일을 하려면 어느 정도는 차려입어야 합니다. 그래서 제가 삼촌한테 15루블만 달라고 부탁드렸고 다시는 이런 부탁을 안 한다고, 3개월 안에 빚을 다 갚는다고 약속했죠. 저는 약속을 지키는 사람입니다. 저는 한다면 하는 놈이거든요. 웃으시네요. 공작님, 제 말이 이상합니까?"

"웃진 않았습니다만 앞뒤가 맞는 것 같진 않네요." 공작은 마지못해 대답했다. "그러면 말입니다." 공작은 레베제프에게 계속해서 말했다. "아마 용건이 뭔지 아실 거라고 생각합니다. 저는 보내주신 편지 때문에 왔습니다. 말씀해 주시죠."

레베제프는 당황해서 아무 말도 못했다. 공작은 잠시 기다리다 서글픈 미소를 지었다.

"이해합니다. 아마 제가 올 거라고 예상하지 않으셨겠죠. 하지만 이렇게 왔습니다. 로고진이 이곳에서 벌써 3주째 있었다는 사실을 다 알고 있습니다. 혹시 그녀를 그에게 팔아넘기셨습니까, 아니면 아닙니까? 진실을 말씀해 주시죠."

"로고진 스스로 알아냈습니다."

"그녀는 그를 모스크바에 두고 간 거죠?"

"결혼식을 앞두고 또다시 그랬죠. 로고진은 초조해 했고 그녀는 바로 이곳 페테르부르크에 있는 저를 찾아왔습니다. '저를 좀 구해주시고 공작에게는 말하지 말아주세요…' 그녀는 말입니다, 공작. 당신을 로고진보다 더 두려워합니다!"

"그럼 당신은 그 둘을 다시 화해시킨 겁니까?"

"공작, 어떻게 화해시키지 않을 수 있었겠습니까?"

"음, 제가 다시 알아보겠습니다. 한 가지만, 지금 그녀는 어디에 있습니까? 로고진과 같이 있습니까?"

"오, 아닙니다! 아직 혼자 있습니다. 항상 본인은 자유롭다고 말하지 않습니까! 페테르부르크에 있는 제 친척 집에 있습니다. 파블롭스크가 아니라면 별장에 있을 겁니다."

"그곳에 가보신 지 오래 되셨습니까?"

"매일 갑니다."

"취하신 게 못미덥군요, 레베제프 씨!"

"아뇨, 아뇨, 정신은 멀쩡합니다!"

"그녀를 마지막으로 보았을 때 어땠는지 말씀해 주시죠."

"뭔가를 찾는 것 같았습니다. 결혼이 닥쳐온다는 것이 끔찍한 것 같았죠. 결혼이 무섭고 공포스러워서 말도 꺼내지 못하게 했지요… 계속 안절부절 못하고 남들을 비

112

웃었어요."

공작은 일어섰다. 레베제프는 놀라는 기색이었다.

"이제 관심이 없으시군요, 헤헤!" 그는 감히 한 마디 했다.

"지금 건강 상태가 그렇게 좋지 않아서요." 공작이 답했다.

"별장이 좋으실 텐데." 레베제프가 소심하게 권했다. "그 별장도 파블롭스크에 있습니다요."

"그럼 당신은요?" 갑자기 공작이 물었다. "이곳에 있는 모두가 혹시 파블롭스크로 가나요?"

"저에게 여러 별장들 중 하나를 주었지요. 집도 좋고, 높고, 녹음이 우거지고 값도 저렴합니다. 저는 근데 곁채에서 지내고, 별장은…"

"세를 주었나요?"

"아뇨… 그건 아닙니다."

"저에게 세를 주시죠." 급작스럽게 공작이 제안했다.

마치 레베제프가 그렇게 유도한 것처럼 보였다. 공작이 그렇게 제안하자 그는 뛸 듯이 기쁜 듯 보였다.

둘은 이미 정원에서 나왔다.

"제가 공작에게… 뭔가 흥미로운 사실을 알려드릴 수 있을 것 같습니다." 레베제프가 중얼거렸다.

공작이 멈추어 섰다.

"저희가 같이 아는 한 여성도 파블롭스크에 별장이 있습니다. 그녀의 절친이 파블롭스크에 있는 별장을 자주 방문하죠. 아글라야 이바노브나가…"

"아, 됐습니다, 레베제프!" 기분이 나빠져서 공작이 말을 잘랐고, 레베제프의 말은 확실히 아픈 곳을 건드렸다. "이 모든 것이… 다 좀 그렇네요."

공작은 대문 밖으로 나갔다.

III

벌써 11시였다. 공작은 그토록 가보고 싶었던 집을 찾아가 보기로 마음을 굳혔다.

고로호바야 거리와 사도바야 거리 교차로에 도착하니 공작 본인이 놀랄 정도로 가슴이 두근거렸다. 멀리서부터 한 집이 눈에 들어오기 시작했다. 그 집은 더러운 녹색빛의 크고 우중충한 3층짜리 건물이었으며 아무런 장식도 되어있지 않았다. 공작은 문가로 다가가 간판을 읽었다. '명예 시민 로고진의 집'.

그는 거침없이 문을 열고 현관 계단을 올라갔다. 그는 로고진이 어머니, 남동생과 함께 2층 전체를 쓰고 있다는 사실을 알고 있었다. 파르푠 세묘노비치(로고진)가 직접 문을 열었는데 공작을 보고서는 얼굴이 창백해졌다. 공작은 이런 반응을 예상하긴 했지만 그래도 놀랐다.

"파르푠, 아마 제가 때를 잘못 맞춰온 것 같군." 공작은 당황해서 겨우 말을 꺼냈다.

"무슨! 무슨 소리를!" 로고진이 정신을 차리고 말했다. "들어오게!"

그들은 서로 반말로 대화했다. 모스크바에서 그들은 자주 만났었다. 하지만 지금은 3개월째 서로 못 본 상태였다.

로고진의 얼굴에선 창백한 기색이 사라지질 않았다. 로고진이 공작에게 소파를 권하는 동안 공작은 자기도 모르게 그를 쳐다보고는 어떤 이상하고도 부담스러운 시선에 멈추어 섰다. 선 채로 공작은 한동안 로고진의 눈을 똑바로 쳐다봤다. 로고진은 가볍게 미소지었다.

"뭘 그렇게 쳐다보나?" 로고진이 중얼거렸다. "앉게!"

공작은 앉았다.

"여기 완전히 정착한 건가?" 공작이 물었다. "자네 집인가 아니면 공동 소유인가?"

"집은 어머니 소유일세. 여기서 복도 건너편에 어머니 방이 있지. 남동생 세묜 세묘노비치는 별채에서 지내고."

공작은 생각에 잠겼다. 둘 다 침묵했다.

"백보 앞에서 자네 집이라고 추측했네." 공작이 말했다. "자네 집은 자네 가족과 로고진 분위기가 물씬 풍기네. 어떤 암흑 같은. 자네는 우울하게 사는군." 공작은 서재를 쳐다보며 말했다.

로고진은 공작에게 탁자 앞에 앉으라고 권했고, 공작은 탁자 위에 있는 두세 권의 책을 바라보았다. 그 중 한 권은 솔로비요프의 〈역사〉였는데 펼쳐져 있었고 읽던 곳이 표시가 되어 있었다.

"결혼식은 여기서 할 예정인가?"

"이곳에서... 할 예정이지." 로고진은 갑작스러운 질문에 멈칫하며 대답했다.

"곧 할 생각인가?"

"잘 알지 않는가, 내 마음대로 할 수 있는 일인지 아닌지."

"파르폰, 나는 자네의 적도 아니고 자네에게 그 어떤 일에도 걸림돌이 될 마음이 없네. 모스크바에서 자네 결혼식이 진행되었을 때 나는 자네를 방해하지 않았어. 자네도 잘 알거야. 결혼식 직전에 그녀가 나에게 달려와서 자네로부터 본인을 '구해달라'고 부탁하더군. 그 후에는 나로부터도 도망갔지만 말이야. 자네는 다시 그녀를 찾아서 결혼을 종용했고, 또다시 도망쳐서 이곳으로 왔다고 들었네. 나는 레베제프를 통해서 알게 되었고 그래서 이곳으로 왔네. 자네 일이 또 잘 되어간다고 어제 기차 안에서 지인을 통해 들었네. 누군지 알기를 원한다면 알려주지. 내가 여기로 온 건 목적이 있어서야. 나는 그녀를 설득해서 해외로 가서 건강을 회복하라고 하고 싶네.

그녀는 몸도 마음도 매우 지쳐 있어. 탈출구가 필요하네. 내가 그녀를 직접 해외로 데려가고 싶진 않네. 만약 자네가 다시 그녀와 일이 다 잘 되어간다면 나는 그녀의 눈앞에 나타나지도 않을 거고 자네에게도 다시는 오지 않을 걸세. 자네도 알다시피 나는 자네를 속이지 않네. 내가 늘 말했듯이 자네를 따라간다면 그녀에게는 반드시 파멸이 올 것이네. 자네에게도 마찬가지야… 만약 자네와 그녀가 헤어진다면 나는 매우 안심할 것 같아. 하지만 이 문제로 자네와 언쟁을 하고 싶진 않네. 자네에게 이미 설명했듯이 나는 그녀를 사랑하는 것이 아니라 동정하고 있다네. 자네도 내 말을 이해한다고 했지, 맞지 않나? 뭐 그렇게 나를 죽일 듯이 쳐다보는가! 나는 자네를 안심시키려고 온 거야. 자네도 나에게는 소중하니까. 나는 자네를 매우 아낀다네, 파르푠. 이제 떠날 시간이 되었군. 다시는 찾아오지 않겠네. 잘 지내게."

공작은 일어났다.

"잠시 나와 더 앉아있게." 로고진은 고개를 숙이며 조용히 말했다.

공작은 앉았다. 둘은 또다시 침묵했다.

"나는 자네가 내 눈앞에 없는 순간에 자네에게 증오심을 느낀다네, 레프 니콜라예비치(공작). 지금 15분도 채 같이 안 있었는데 지금 나의 모든 증오심은 사라졌

118

고, 자네는 나에게 예전과 같이 가까운 친구일세. 나와 조금 더 같이 있어주게… 나는 자네의 말을 믿어. 나는 우리를 동등한 인간으로 같은 선상에 놓으면 안 된다는 것을 알고 있네…"

"왜 굳이 그런 말을 덧붙이는가? 다시 화가 났구만." 공작이 말했다.

"그래, 이미 우리 의견 따위는 묻지 않는다네. 우리도 역시 사랑 방식이 다양하지. 자네는 그녀에게 연민을 느끼는 사랑을 한댔지. 나에게는 그녀에 대한 동정은 전혀 없다네. 그녀는 매일 밤 내 꿈에 나타나. 다른 남자와 나를 비웃고 있지. 자네는 그 여자가 모스크바에서 나를 어떤 식으로 가지고 놀았는지 모를거야! 내가 돈은 또 얼마나 부쳤는지…"

"그래… 그런데 어째서 결혼을 하겠다는 건가!" 공작은 어이없어 하며 물었다.

로고진은 무겁고도 무서운 눈빛으로 공작을 쳐다보더니 아무 대답도 하지 않았다.

"벌써 5일째 그녀에게 가지 않고 있어." 잠깐 침묵한 후 말을 계속 이어갔다. "나를 쫓아내지는 않을까 두려워. 언제 결혼식을 올릴지는 말도 꺼내지 못하고 있어. 이렇게 앉아있지만 결국 참지 못하고 몰래 그 여자 집이 있는 거리로 가서 골목에 숨어있지. 모스크바 있을 때

하루는 내가 그 여자를 붙잡고 말했지. '당신은 나와 결혼하기로 약속했는데 지금은 어떻지?'"

"자네 그녀에게 그렇게 말했나?"

"그렇게 말했지. 그랬더니 그 여자는 내게 '나는 이제 당신을 하인으로도 부리고 싶지 않아요.'라고 말하더군. 나는 그 여자에게 달려들어서 멍이 들 때까지 때려주었지."

"말도 안 돼!"

"하루하고도 반나절 자지도, 먹지도, 마시지도 못했고 그 여자의 방에서 나가지 않았어. '죽어버릴 거야.' 라고 말했지. '당신이 나를 용서해줄 때까지 안 나갈거야.' 그 여자는 확실히 미쳐버려서 울었다가 나를 칼로 찔러 죽이려고 했다가 제정신이 아니었지. 그러다가 그 여자가 극장에서 돌아왔어. '그 인간들은 당신을 무서워하면서 나를 겁주더군. 당신이 그냥 떠나지 않고 나를 찌를 거라고. 나는 문을 안 잠그고 침실로 갈 거야. 내가 얼마나 당신을 두려워하는지 한 번 보라고!' 그리고는 자기가 말한대로 침실 방문을 잠그지 않았어. 아침에 방에서 나오더니 웃음을 터뜨렸지.

'당신 미친 거 아니에요? 그러다 굶어 죽겠네요.'

'용서해줘.'

'용서하고 싶지도 않고, 당신을 따라가고 싶지도 않아

요. 혹시 여기서 밤새 깨어 있었어요?'

'어, 자지 않았어.'

'차도 안 마시고 밥도 안 먹을 건가요?'

'안 먹는다고 말했잖아. 용서해줘!'

그때 이 여자는 나를 너무 무시하는 나머지 나에게 악의조차 품지 못하는 게 아닌가라는 생각이 머릿속에 떠올랐어. 그 여자가 나가더군. 그리고 한 시간 후에 침울한 얼굴로 나에게 왔어.

'나는 당신과 결혼할 거예요, 파르푠 세묘노비치, 어차피 사람은 죽게 되니까. 앉아요. 지금 식사 가져다줄 거예요. 그리고 당신과 결혼하면 당신에게 정숙한 아내가 되어 드리죠.'

그 자리에서 결혼식 날을 정했는데 일주일이 지나서 나를 피해 이곳 레베제프한테로 도망왔지. 내가 왔을 때 그녀가 이렇게 말하더군.

'당신과 결혼하지 않겠다는 뜻은 전혀 아니에요. 다만 나만의 시간이 더 필요해요. 당신도 나와 결혼하고 싶다면 기다려요. 이제 우리는… 무슨 말을 할지 알겠죠!'"

갑자기 로고진은 활기를 띠며 눈을 빛냈다.

"자네는 어떻게 그녀를 나에게 양보했나? 이해할 수가 없는데? 아니면 그녀를 더 이상 사랑하지 않나? 어쩌면 자네가 그녀에게 느꼈던 동정심이 내 사랑보다 훨씬 클지도 모르는데!"

"자네의 사랑은 증오와 구분이 안 되네." 공작이 미소 지었다. "그런데 사랑이 식으면 아마 더 큰 재앙이 찾아올 걸세."

"왜 칼부림이 날까봐?"

공작은 몸을 떨었다.

"지금 이렇게 사랑하고 괴로웠다는 이유로 나중에 그녀를 증오하게 될 것이네. 내가 정말 놀란 이유는 그녀가 어떻게 또다시 자네와 결혼할 생각을 했는지야."

"그래, 나와 결혼하면 칼부림이 날 수도 있는데 말이지! 그런데 자네는 지금까지도 상황 파악이 안 되나? 그 여자는 다른 이를 사랑한다고! 내가 그녀를 사랑하는 것과 똑같이 그녀는 이제 다른 사람을 사랑한다네. 그 다른 사람이 누구냐고? 바로 자네일세!"

"나라고!"

"자네일세. 단지 그녀는 자네와 결혼할 수 없다고 여기는데 결혼하게 되면 자네를 수치스럽게 하고 자네의 운명을 망친다고 생각하기 때문이야. 이 모든 이야기를 내 면전에서 대놓고 얘기했어. 나와 결혼하겠다는 것은 오기 때문이지…"

공작은 몸을 떨면서 로고진을 뚫어지게 바라보았다.

"이럴수가!" 그는 갑자기 웃었다. "미안하네, 형제여.

머리가 너무 무거워서 말이야… 나는 이런 걸 물어볼 생각은 전혀 없었어… 아무것도 기억이 안 나네. 잘 있게…"

"그쪽이 아니네." 로고진이 말했다. "같이 가세. 내가 길을 알려주지."

IV

지나왔던 방 몇 개를 다시 지나갔다. 로고진이 앞서고 공작이 뒤따랐다. 그들은 큰 홀에 들어섰다. 그곳 벽에 구분하기 힘든 몇 개의 그림이 걸려있었다. 다음 방으로 통하는 문에 형태가 특이한 그림이 걸려 있었는데, 가로 길이가 길고 세로가 짧았다. 그림에는 십자가에서 막 내려진 구세주의 모습이 그려져 있었다. 공작은 흘끗 그림을 보며 뭔가를 떠올리려고 했다. 로고진은 갑자기 멈추었다.

"이 그림들은," 그는 말했다. "돌아가신 아버지께서 경매에서 1~2루블에 구매하신 걸세. 한 전문가가 이 그림들을 보더니 다 별로라고 말했는데, 이 그림만은 흥미롭다고 하더군. 이 그림은 3백 50루블을 부른 사람도 있었고, 이반 드미트리예비치 사벨리예프란 한 상인은 400루블까지 부르다가 지난 주에 내 동생 세묜에게 5백 루블까지 올리더군. 그냥 두기로 했네."

"그래 이건… 한스 홀바인의 복제품이군." 공작이 말했다. "내가 이 분야 전문가는 아니지만 훌륭한 복제품 같네. 해외에서 이 작품을 봤는데 잊을 수가 없더군."

"아 혹시 공작, 자네 혹시 신앙인인가?" 로고진이 또다시 갑작스럽게 말을 걸었다.

"무슨 그런 이상한 질문을 하는가… 그리고 왜 그렇게 쳐다보나?" 공작이 마지못해 말했다.

"나는 이 작품을 감상하는 걸 좋아하네." 로고진은 중얼거렸고 자기가 했던 질문을 확실히 까먹은 듯 침묵했다.

"이 그림 말이지!" 공작이 갑자기 외쳤다. "그래, 이 그림을 보면 신앙이 사라지겠군!"

"사라지지." 갑자기 로고진이 예기치 못하게 확신했다. 그들은 출구에 거의 다 온 상태였다.

"어떻게?" 공작이 멈추었다. "자네 무슨 말인가! 왜 물어본 건가, 내가 신을 믿는지 안 믿는지?"

"아무것도 아니네. 많은 사람들이 요즘은 신앙이 없지 않은가?"

"잘 있게." 공작은 손을 내밀며 말했다.

그는 몸을 돌려서 계단으로 내려갔다.

"레프 니콜라예비치(공작)!" 위에서 파르폰(로고진)이 외쳤다. 십자가 지금 몸에 지니고 있나?"

"응, 지니고 있네." 공작은 다시 멈추어섰다.

"나에게 주게." 로고진이 말했다.

"무엇 때문이지? 설마 자네…"

"가지고 다니려고 그러네. 그리고 내 것을 자네에게 주지. 자네도 몸에 지니고 다니게."

"십자가를 교환하자는 건가? 그러지 파르폰. 만약 그렇다면 기쁘군. 우리는 의형제를 맺는 걸세!"

공작은 자신의 평범한 십자가 목걸이를 벗었고, 파르폰은 자신의 금 목걸이를 벗어서 서로 교환했다. 파르폰은 침묵했다. 그리고 문을 열었다.

V

늦어서 벌써 2시 반이나 되었다. 공작은 예판친 집에 들렀으나 그를 보진 못 했다.

고독은 그에게 더이상 참기 힘든 것이었다. 새로운 감정이 그의 심장을 움켜쥐었다. 그는 파블롭스크로 가는 표를 사서 서둘러 떠났다. 열차에 앉자마자 그는 표를 바닥에 던지고는 당혹스럽고 골똘히 생각에 잠긴 채로 역을 빠져나왔다. 그의 간질 증상은 점차 심해졌다. 소나기가 내릴 것 같았다. 이미 멀리서 천둥소리가 들려왔다. 매우 후덥지근해졌다…

그는 이미 페테르부르크에 있는 그녀의 집 근처까지 왔다. 그는 오랫동안 그녀를 보지 못했다. 이제 그녀를 봐야만 했다. 그렇다… 그는 로고진을 만나서 그의 손을 잡고 함께 가고 싶었다… 그의 마음은 순수했고 과연 그가 로고진의 연적이 될 수 있을까? 어쩌면 그는 그녀를 파블롭스크에서 찾을 수 있을지도 모른다!

그는 얼마 전 그녀에게서 광기의 징조를 발견했을 때 느꼈던 괴로움이 떠올랐다. 그러니 그녀가 그를 떠나 로고진에게로 갔을 때 어찌 그녀를 그냥 둘 수 있었겠는가? 설마 로고진은 아직도 그녀의 광기를 알아채지 못한 것일까? 연민은 로고진에게도 가르침을 줄 것이다. 연민은 인생의 가장 중요한 법칙이다. 로고진은 자신의 '신앙이 사라져간다'라고 얼마나 침울하게 말했던가! 이 사람은 아마 심하게 고통받을 것이다. 그는 억지로라도 자신의 잃어버린 신앙을 되찾고 싶어한다. 홀바인의 그림은 어떻게 이토록 이상한가… 아, 이 거리다! 이곳에 그 집이 있을 것이다. 공작은 초인종을 누르고 나스타시야 필리포브나가 있는지 물었다.

집주인은 나스타시야 필리포브나가 아침부터 파블롭스크로 나갔다고 답했다. 공작은 호텔로 돌아왔다. 그는 또다시 창백하고, 유약하고, 고통스러워하고 긴장된 상태로 걸었다.

그는 호텔 앞에 서 있었다… 문가는 매우 어두웠다. 먹구름이 다가오고 있었다. 공작은 재빨리 집안으로 들어갔는데, 갑자기 문가의 어둠 속에서 층계 근처 입구 쪽에서 한 사람을 보았다. 공작은 그 사람이 누군지 자세히 보진 못했으나 그자가 로고진이 틀림없다고 직감했다. 공작은 그를 쫓아 계단으로 갔다. 그는 심장이 멈춘 것 같았다.

계단은 돌계단이었고 어둡고 좁았다. 그는 한 발자국 벌써 내딛었다… 그리고 갑자기 의식을 잃었고 깜깜한 어둠이 덮쳐왔다.

공작에게 오랜 질환인 발작이 일어났다. 로고진은 공작이 뒤로 자빠져서 층계에서 굴러 떨어져 돌 계단에 뒷통수를 세게 부딪치는 모습을 보고 바로 밑으로 내려가서 쓰러진 공작 주위를 돌아보고 황급히 호텔에서 뛰쳐나왔다.

3일째 되는 날 공작은 파블롭스크에 있었다.

VI

레베제프의 별장은 크진 않았으나 아늑하고 아기자기해 보일 정도였다. 몸이 아프고 힘들었던 공작은 이 별장이 매우 마음에 들었다. 레베제프는 모든 사람들에게 아픈 공작에게 안정이 필요하다 말하면서도 막상 본인은 매분 매초 공작에게 끊임없이 들락거렸다.

"당신은 나를 정말 매수했군요." 공작이 항의했다. "나를 찾아오는 사람들을 마음대로 만나고 싶습니다."

"여부가 있겠습니까." 레베제프는 대답했다.

"한 시간 전쯤 누가 왔길래 들여보내지 않으신 거죠?"

"어떤 유명한 분이 지금 공작과 은밀하게 만나길 원하신다고 합니다."

"무슨 은밀한 만남이요? 그럴 필요가 있나요. 오늘이라도 그분 집에 가보고 싶군요."

"안됩니다." 레베제프가 말했다. "공작께서 생각하는

사람을 이분이 두려워해서가 아닙니다. 네, 그 사람은 매일 와서 공작의 건강이 어떤지 물어봅니다. 지금 만나고 싶어하는 분은 그 사람이 아니라 완전히 다른 사람을 두려워합니다."

"대체 무슨 말인지, 빨리 말씀해 보시죠." 공작이 참지 못하고 재촉했다.

"아글라야 이바노브나를 두려워하죠."

예판친 가족들은 공작이 몸이 아프고 또 그가 파블롭스크에 있다는 사실을 막 알게 되었다. 그들은 서둘러 공작을 방문했다.

예판친 집에서 레베제프 별장까지는 300걸음도 채 되지 않았다. 리자베타 프로코피예브나가 공작을 봤을 때 별로 기분이 좋지 않았는데, 공작 주위에 너무 많은 손님들이 몰려있었고 심지어 가브릴라도 그 무리 중 포함되어 있었기 때문이다. 그 다음에는 죽어갈 것이라고 예상했는데, 겉보기에 건강하고 멋진 젊은이가 웃고 있는 모습을 보게 되어 당황한 듯했다. 그녀는 놀라서 그 자리에 멈춰섰다.

"저는 말이죠, 공작. 침상에 누워있다시피 한 당신의 얼굴을 볼 줄 알아서 그런지 얼굴이 좋아보여서 하마터면 기분이 나쁠 뻔했다니까요. 딱 몇 분 그랬어요. 이곳에는 오래 계실 예정인가요?" 리자베타 프로코피예브나가 공작에게 말을 걸었다.

"여름 내내 있을 것 같습니다. 더 있을 수도 있고요."

"아직 미혼이신가요? 결혼은 안 하셨고요?"

"네, 아직 미혼입니다." 공작이 미소지었다.

"웃으시니 보기 좋네요. 근데 왜 우리 집으로 안 오셨죠? 우리 집에는 별채가 다 비어있는데." 부인은 레베제프를 고개로 가리키며 작은 목소리로 물었다.

공작은 장군 부인과 딸들이 관심을 많이 가져주어 감사하다고 말했고, 아직 병색이 나아있지만 늦더라도 오늘 중으로는 꼭 방문할 예정이었다고 진심을 다해 말했다. 리자베타는 지금이라도 계획을 실행하라고 답했다.

가브릴라는 예판친 가족네 테라스에서 몇 분 간은 겸손하고 품위있게 처신했다. 그를 예전부터 알았던 사람이라면 그가 매우 많이 변했다고 생각했을 것이다. 그리고 아글라야는 그의 변한 모습이 좋았다.

"방금 나간 사람이 가브릴라 아르달리오노비치가 맞나요?" 그녀가 갑자기 큰 목소리로 물었다.

"그 사람이 맞습니다." 공작이 대답했다.

"간신히 알아봤네요. 저 사람 매우 많이 변했군요… 훨씬 나아진 것 같아요."

"저도 그래서 매우 기쁩니다." 공작이 말했다.

"어떤 부분이 좋게 변했다는 거지?" 리자베타 프로코

피예브나가 물었다.

"'가난한 기사'보다 더 나은 것은 없죠!" 아글라야가 거창하게 선언했다.

"어떤 '가난한 기사'를 말하는 거지?" 장군 부인이 놀란 빛을 띠며 물었는데, 아글라야가 얼굴을 붉히는 것을 보고는 덧붙였다.

"무슨 '가난한 기사'가 다 있냐?"

"이상한 러시아 시 하나가 있죠." 손님 한 명이 말했다.

"'가난한 기사'에 관한 시인데 밑도 끝도 없이 중간을 발췌한 겁니다. 한 달 전쯤 모두가 평소처럼 아델라이다의 그림 주제를 찾고 있었죠. 그때 '가난한 기사'를 찾았는데 누가 처음 찾았는지는 기억이 안 납니다… 그런데 '가난한 기사'를 그리려면 얼굴 모델이 필요했죠. 그래서 지인의 얼굴을 모두 떠올렸지만 그 어느 누구도 생각나는 사람이 없었고 일은 그렇게 마무리 되었습니다."

"신종 어리석음이군." 리자베타 프로코피예브나가 말했다.

"어리석음은 전혀 없어요. 깊은 존경심만 남을 뿐이죠." 불쑥 진중하고 엄숙한 목소리로 아글라야가 말했다. "이 시에는 자신의 이상을 가지고, 그 이상을 믿고 이상을 위해 생명을 바칠 수 있는 사람이 그려져 있어요. 시에는 '가난한 기사'의 이상이 무엇인지는 나타나있지 않지만 '순수한 아름다움의 형상'이란 점은 알 수 있어요. 그의 방패에는 그가 새겨놓은 N, F, B라는 알파벳이 있었어요…

이 가난한 기사에게는 아무것도 상관없었죠. 자신의 여자가 과거에 어떤 사람이었든 무슨 일을 했든 말이에요. 본인이 그녀를 선택했고 그녀의 순수한 아름다움을 믿는다는 것에 만족해 했어요. '가난한 기사'에서 이런 감정은 금욕주의라는 마지막 단계에까지 이르렀어요. '가난한 기사'는 돈키호테와 같은 캐릭터지만 단지 희화화되지 않았을 뿐이죠. 저도 처음에는 이해가 되지 않아서 웃었는데 이제는 '가난한 기사'를 좋아하게 되었고, 그의 공적이 존경스럽더군요."

"뭐 가난한 기사나 그의 공적이나 다 어리석을 뿐이야!" 장군 부인이 그렇게 매듭지었다. "어떤 시라고? 읽어보렴!"

아글라야가 유명한 시를 읽기 시작한 순간, 두 명의 새로운 손님이 테라스로 들어왔다. 예판친 장군과 그의 동행인이었다.

아글라야는 그쪽을 쳐다보지도 않고 공작만 바라보며 계속 시를 낭송했다.

세상에 살았던 기사는 가난하고,

말이 없고 소박했으며,

우울하고 창백한 모습이었지만,

용감하고 강직한 영혼의 소유자였네…

기사는 무덤에 갈 때까지 단 한 마디도

말하기를 원치 않았네…

"훌륭하구나!" 장군 부인이 말했다. "누구의 시라고?"

"푸쉬킨 시잖아요, 엄마! 그것도 모르다니 창피하지도 않아요!" 아델라이다가 대답했다.

"그래, 너희랑 있으면 나는 늘 바보가 되지!" 리자베타 프로코피예브나가 말했다. "아글라야, 이리로 오렴! 나에게 키스해 다오. 네가 진심을 다해 낭송한 거라면 낭송은 훌륭했단다." 그녀가 속닥거리듯 덧붙였다. "그런데 만약 진심을 다한 거라면 네가 좀 안 됐구나. 아니면 그 사람이 재미있으라고 읽은 거라면 너의 감성을 인정 못 하겠다. 나중에 또 얘기하자꾸나. 여기 너무 오래 앉아 있었네."

그 동안 공작은 이반 표도로비치(예판친) 장군과 인사를 나누었고, 장군은 자신의 지인을 소개시켜 주었다.

대화는 다른 사람들에게도 전해졌다. 곧 손님들은 각자 흩어졌다.

XII

공작은 그 후 며칠 동안 가브릴라의 방문을 기다렸다.

가브릴라는 7시쯤 왔다. 공작에게 가브릴라와의 관계는 각별했다. 공작은 가브릴라가 사실은 정말 순수한 우정을 바라는 것이 아닐까 하고 때때로 생각했다. 하지만 가브릴라가 초조한 질문이나 우정어린 대화를 기대했다면 그건 오산이었다. 가브릴라는 20분 정도 있다 갔는데, 그동안 공작은 골똘히 생각에 잠겼다. 가브릴라는 나스타시야 필리포브나가 파블롭스크에 온 지 불과 4일밖에 안 됐는데 이미 많은 이들의 주목을 받고 있다고 말했다. 그녀는 마트로스카야 거리에 있는 작고 허름한 집에 살지만 마차는 파블롭스크에서 최고로 좋은 것을 타고 다닌다고 한다. 그녀를 둘러싼 구애자들, 젊은이부터 노인네까지 모두가 진작부터 몰려든 것이다. 나스타시야는 16살짜리 어여쁜 소녀를 데리고 마차를 종종 타고 다녔는데, 그 아이는 별장 주인의 먼 친척이었다. 소녀는 노래를 잘해서 그녀의 집은 저녁마다 사람들의 이목을 끌었다. 나스타시야 필리포브나는 단정하게 하고 다녔는데, 옷차림은 수수하면서도 개성이 강하게 드러나서 뭇 여성들은 그녀의 '개성, 아름다움 그리고 마차'를 부러워했다.

가브릴라는 떠났고 공작은 혼자라는 사실에 기뻐했다. 그는 테라스에서 나와 공원으로 향했다. 그는 조심스럽게 행동해야겠다고 생각했다. 그러나 이번 '행동'은 정말 결단을 내리기 힘든 것이었다.

저녁 7시쯤이었다. 갑자기 리자베타 프로코피예브나가 그를 찾아 테라스로 왔다.

"뭐 좀 물어봐도 될까요? 2달인가 2달 반 전쯤 아글라야한테 편지를 보내신 적이 있죠?"

"편지를 썼, 썼었죠."

"무슨 목적으로 쓰신 거죠? 무슨 내용이었나요? 편지 좀 보여주세요!"

리자베타 프로코피예브나는 답답해하면서 이글거리는 눈빛으로 공작을 쳐다보았다.

"저한테는 편지가 없죠." 공작은 놀라서 대답했다. "만약 편지가 남아있다면 아글라야 이바노브나 양에게 있을 겁니다."

"무슨 내용의 편지였나요?"

"제가 편지를 쓰면 안 되는 이유를 모르겠는데요…"

"조용히 하세요! 나중에 말씀하시고요. 편지 내용이 뭐였나요? 왜 얼굴을 붉히시는 거죠?"

공작은 잠시 생각에 잠겼다.

"저는 부인께서 무슨 말씀을 하시고 싶은지 잘 모르 겠습니다, 리자베타 프로코피예브나. 다만 제가 그 편지 를 보낸 게 못마땅하셨다는 건 알겠습니다. 아시다시피 제가 이 질문에 꼭 답해야 할 필요는 없습니다만, 제가 편지를 쓴 것을 잘못했다 생각하지도, 후회하지도 않는 데다가 그 편지 때문에 얼굴이 빨개진 게 아니란 점(이 순간 공작의 얼굴은 두 배 더 빨개졌다)을 알려드리고자 편지 내용을 읽어 드리죠. 편지 내용은 다 외우고 있거 든요."

공작은 이 말을 마치고 편지 내용을 단어 하나하나를 다 불러주었다.

"의미없는 말의 향연이군요! 그 내용이 의미하는 게 뭐죠?" 리자베타 프로코피예브나는 온 신경을 곤두세워 듣고는 이렇게 물었다.

"저는 모르겠습니다. 제 진심을 전달했다고 느끼는데 요. 갑자기 조국에 사는 게 너무 좋다고 느낀 날이었어 요. 어느 햇살 따스한 아침에 펜을 들어서 편지를 썼죠.

왜 아글라야에게 썼는지는 모르겠습니다. 아마 친구가 보고 싶었나보죠…"

"사랑에 빠진 거였나요?"

"아, 아뇨… 저는 누이동생한테 쓰는 것처럼 썼습니다. 그래서 '오빠로부터'라고 썼는데요."

"진심으로 말씀하시는 건가요?"

"정말 진심인 것 같습니다."

"'같습니다!'라뇨! 아글라야는 제멋대로에 정신없고 버릇없는 애입니다. 제가 그랬었죠. 그렇다고 기뻐하진 마세요! 그 아이는 당신 것이 아니니까. 그럴 일은 없죠! 그리고 잘 들으세요. 그 여자와 결혼한 사이가 아니라는 것을 맹세하시죠!"

"뭐라고요?" 공작이 놀라서 소리질렀다.

"그래요, 결혼할 뻔했잖아요?"

"결혼할 뻔하긴 했습니다." 공작은 중얼거리며 고개를 떨구었다.

"뭐, 그 여자를 사랑한다는 겁니까? 그 여자 때문에 왔나요? 그 여자 때문에?"

"저는 결혼하기 위해 온 것은 아닙니다."

"당신은 이 세상에 성스러운 것이 있다고 생각하나요?"

"예, 그렇습니다."

"그럼 그 여자랑 결혼하지 않겠다고 맹세하세요."

"원하시는 대로 맹세하지요!"

"믿겠어요. 저에게 키스해 주시죠. 이제야 좀 속 시원히 숨을 쉴 수 있겠네요. 하지만 알아두세요. 아글라야는 당신을 사랑하지 않고, 내 눈에 흙이 들어가기 전까지 당신한테는 시집보내지 않겠습니다! 그리고 저는 신께서 저에게 당신을 친구나 친형제 같은 사람으로 보내셨다고 굳게 믿어요. 가브릴라에 대해서는 아무것도 모르시나요?"

"그러니까… 많은 것을 알죠."

"가브릴라가 아글라야와 교제 중인 건 알고 있었나요?"

"전혀 몰랐습니다." 공작이 놀라서 말했다. "그럴 리가 없는데요! 믿을 수가 없네요." 잠시 놀라서 생각한 후 공작은 확신하며 다시 말했다. "아마 그랬다면 제가 확실히 눈치챘을 겁니다."

"공작은 그 사람이 당신에게 와서 눈물이라도 흘리며 마음을 터놓을 거라고 생각했나요? 이런 바보 같은 사람! 모두가 당신을 속이고 있다고요… 설마 그 인간이 당신을 완전히 속이고 있다는 것을 몰랐단 말이에요?"

"가끔씩 속인다는 것은 알고 있습니다." 공작은 마지못해 대답했다.

"알면서도 믿었다고! 하긴 당신은 그럴 수밖에 없는 사람이지. 그런데 그 가브릴라가 아글라야와 나스타시야 필리포브나를 소개시켜준 건 아시나요?"

"믿을 수 없군요! 무엇 때문이죠?"

그는 의자에서 벌떡 일어났다.

"나도 믿지 못하겠어요. 미쳤다니까요! 나쁘다고요! 하지만 저도 믿진 않아요! 믿고 싶지도 않고요." 속으로 말하는 것처럼 말을 덧붙였다. "그런데 왜 우리 집에 오지 않으셨죠?" 갑자기 그녀는 또다시 공작에게 몸을 돌려 물었다. "왜 3일 내내 오지 않으셨어요?" 못 참겠다는 듯이 또다시 소리 높여 물었다. "이제는 감히 우리 집에 올 생각도 하지 마세요!"

"3일 후면 아마 직접 오셔서 저를 부르실 것 같은데요… 민망하지 않으시겠습니까? 안 그래도 저는 이미 그 댁에 출입금지입니다." 공작은 그녀의 뒤에 소리쳤다.

"뭐라고요? 누가 금지했다는 거죠? 언제? 얼른 말하세요!!!!"

"오늘 아침에 편지가 왔는데 저는 그 댁에 감히 다시는 얼씬도 할 수 없다고 합니다. 편지를 받았습니다."

"어디요? 얼른 봐봐요! 당장!"

공작은 잠시 생각한 후에 주머니에서 종이 쪽지를 꺼냈는데 쪽지에는 이렇게 씌여있었다.

"므이쉬킨 공작님! 만약 이 모든 일이 있고 나서도 우리 별장을 찾아와서 저를 놀라게 하길 원하신다면, 저는 확실히 공작님을 반기지 않는 사람일 거란 사실을 말씀 드립니다. 아글라야 예판치나 드림"

리자베타 프로코피예브나는 잠시 생각에 잠겼다. 그러고는 공작의 팔을 잡고는 끌어당겼다.

"자, 지금 가요! 지금 당장이요!"

"하지만…"

"남자도 아니구만! 자, 이제 내 눈으로 직접 모든 걸 봐야겠어요… 그 아이는 누군가를 조롱해야 직성이 풀리고 그래서 당신에게 간청하는 거 아니겠어요! 당신은 그런 대접을 받을 만해요. 걔는 그럴 만하죠, 그럴 만해…"

제3부

I

최근 리자베타 프로코피예브나는 어떤 사건이 발생하면 항상 본인 탓을 하며 자신의 '불운한' 성격 때문이라고 생각했다. 그리고 딸들도 본인처럼 '괴짜'로 변해가는 게 아닐까 하는 의구심이 그녀를 더욱 괴롭혔다. "왜 쟤들은 시집을 안 갈까?" 그녀는 자문했다.

그녀를 계속 괴롭히는 주된 골칫거리는 아글라야였다.

"어떻게 감히 나에게 익명의 투서로 그 끔찍한 나스타시야가 아글라야와 만나고 있다는 말을 쓸 수가 있지?" 리자베타 프로코피예브나는 공작을 데려다주는 길 내내 생각했다. "그런 말을 눈꼽만치라도 믿느니 차라리 부끄러워서 죽어버리고 말지. 그런데 아글라야는 왜 3일 내내 히스테리를 부리면서 제 언니들이랑 싸운 거지? 왜 그 애는 가브릴라를 울면서까지 칭찬한 거지? 도대체 왜 나는 므이쉬킨에게 달려가서 그 사람을 직접 데려온 거지? 아이고, 그 인간이 백치이고… 우리 집이랑 친하니까 망정이지! 눈을 크게 뜨고 쳐다보면서 멍청하게 앉아있는 저 공작은 대체… 얼굴은 허얘가지고 앉아있네."

공작은 정말 창백한 얼굴로 앉아 있으면서 본인도 알 수 없는 환희로 인한 공포에 사로잡힌 것 같았다. 오, 그는 자신을 뚫어지게 바라보는 두 개의 검은 눈동자를 쳐다보는게 얼마나 두려웠던지! 그녀가 그에게 편지를 쓴 후 그들 사이에 앉아서 아는 목소리를 들으며 얼마나 행복감에 정신이 아득해졌는지! 식탁에 앉아있는 사람들은 대화 주제가 별로 마음에 드는 것 같지 않았다.

"죄송합니다만," 한 손님이 말했다. "저는 자유주의에 대해 반대하지는 않습니다. 자유주의는 죄가 아니니까요. 자유주의도 보수주의와 마찬가지로 존재할 권리가 있죠. 하지만 저는 러시아 자유주의를 반박하는 겁니다. 러시아 자유주의자들은 러시아적인 자유주의자가 아닙니다. 우리나라 자유주의자들은 귀족과 사제층으로 이루어져 있었습니다. 두 계층 모두 결국에는 국민들과 완전히 분리된 무언가로 변모해서 그들이 예나 지금이나 하는 일들은 국민과는 무관하단 말이죠…"

"그러니까 지금까지 행해진 일어난 모든 일들이 러시아적이 아니라고요?" 한 손님이 이의를 제기했다.

"러시아적이었을지는 몰라도, 민족적이진 않았다는 겁니다. 자유주의자들도 러시아적이지 않고, 보수주의자들도 러시아적이지 않고 모두가…"

"설마 문학에도 민족적인 것이 전혀 없단 말씀인가요?" 알렉산드라가 도중에 끼어들며 물었다.

"저는 문학 전문가가 아닙니다만, 하지만 러시아 문학도 제가 보기엔 로모노소프, 푸쉬킨, 고골을 제외하고는 모두가 러시아적이지 않습니다."

"일단 위에 언급된 사람들만 해도 충분한 것 같고요, 그리고 저들 중 한 명은 평민이지만 나머지 두 명은 귀족인데요." 아델라이다가 웃었다.

"이 세 러시아 작가들은 모두 남의 것을 차용하지 않고 자신의 이야기를 했기 때문에 국민 작가가 된 겁니다. 하지만 지금 우리는 사회주의자들에 대한 이야기를 하고 있습니다. 저에게 그들의 학설이나 회고록을 주시면 이들이 쓴 글이 모두 예전 러시아 귀족들에 의해 씌여졌고, 이 사실을 증명할 수 있는 근거를 써 드리겠습니다. 또다시 웃으시는군요. 왜 웃으시나요, 공작?"

"동의한다고 바로 말씀은 못 드리겠습니다만," 공작이 말했다. "하지만 정말 흥미로운 말씀이십니다…"

공작은 매우 가쁘게 숨쉬며 말했고, 이마에서 식은땀이 흐르고 있었다. 가만히 앉아있던 공작이 처음 한 말이었다.

"제가 진실을 말씀드리죠." 그 손님이 말을 이어갔다. "자유주의는 항상 기존의 질서를 공격해 왔습니다. 그런데 러시아 자유주의는 러시아 자체를 공격한단 말입니다. 제가 아는 자유주의자는 심지어 러시아를 부정하는 단계에 이르렀습니다. 그는 러시아 풍습과 러시아 역사를 증오합니다. 그는 자신이 하는 일이 무엇인지를 이해하지 못 하고 러시아에 대한 자신의 증오가 자유주의라고 생각합니다. 러시아의 일부 자유주의자들은 러시아에 대한 증오를 조국에 대한 사랑이라고 여기더군요. 하지만 이제 그들도 보다 과감해져서 이제는 '조국에 대한 사랑'이란 말은 자제하더군요."

"제가 자유주의자 모두를 보진 못했습니다만," 알렉산드라 이바노브나가 말했다. "하지만 당신의 견해에는 동의할 수 없습니다. 일부 사례의 성급한 일반화 아닌가요."

"일부 사례라고요? 공작, 어떻게 생각하십니까. 이게 일부 사례입니까?"

"저는 자유주의자들을 본 적이 별로 없고 함께 있어본 적도 거의 없지만 말입니다." 공작이 말했다. "하지만 말씀하신 것이 어느 정도 일리는 있다고 생각하는데, 러시아 자유주의는 실제로 러시아에 대한 증오를 선호하기 때문입니다. 물론 모든 자유주의자들이라고 말하긴엔 어폐가 있겠죠… 사상과 이념에 대한 왜곡은 일부 사례라기 보다는 자주 접할 수 있는 일상입니다. 하지만 한 가지 드리고 싶은 말씀은 가장 무서운 살인자는 본인이 범죄자인 것을 안다는 사실입니다. 즉 그들은 저지른 짓을 후회를 하지 않고 자기 잘못을 인지합니다. 그런데 신세대 청년들은 본인들이 범죄자라고 생각하지 않고 본인들은 그렇게 행동할 권리가 있으며… 심지어 본인들이 올바르다고 생각합니다. 여기에 차이점이 있습니다. 그런 사람들이 다 젊은 계층이란 거죠."

공작은 아글라야가 탁자로 다가오는 것을 느꼈다. 감히 그녀를 쳐다보지 못했지만 그녀가 자신을 쳐다보고 있다는 것은 감지했다.

"대체 여기서 왜 이런 이야기들을 하고 계신거죠?" 아글라야가 갑자기 날카롭게 외쳤다. "무엇 때문에 이 사람들한테 이런 말을 하시는 겁니까? 이런 사람들에게! 여기 있는 사람들은 그 누구도 당신의 말을 들을 자격이 없어요! 다들 지적으로나 감성적으로 보나 당신 발톱의 때만도 못하거든요! 당신은 여기있는 그 누구보다 정직하고, 선하고, 똑똑하고, 괜찮은 사람이에요! 여기 있는 사람들은 몸을 숙여서 당신이 떨어뜨린 손수건을 주울 자격도 없는 사람들이라고요!"

아글라야는 이렇게 외치고는 눈물 범벅이 되어 손수건으로 얼굴을 가리고는 의자에 쓰러졌다.

　공작은 아글라야에게로 다가갔다. 그녀는 얼굴을 가렸던 손수건을 떼고 공작을 바라보다가 갑자기 즐거워서 참을 수 없다는 듯이 깔깔댔고, 아델라이다는 그 모습을 보고 아글라야에게 달려들어 그녀를 껴안고는 학창 시절로 돌아간 듯이 똑같이 깔깔댔다. 공작 역시 그들을 바라보다가 미소를 짓고 기쁨과 행복에 겨워 같은 말을 반복했다.

　"아, 다행이군, 다행이야!"

　이미 알렉산드라 역시 더 이상 참지 못하고 미친 듯이 깔깔대고 있었다.

　"산책하러 가시죠!" 아델라이다가 외쳤다. "모두 다같이 가요. 공작은 반드시 우리랑 가야 하고요. 당신이 떠날 이유는 없어요, 사랑스러운 사람 같으니! 이 사람 얼마나 사랑스럽니, 아글라야! 안 그래요 엄마? 그래서 나는 이 사람에게 키스하고 포옹해야겠어. 엄마, 이 사람에게 키스해도 되죠? 아글라야! 너의 공작님에게 키스할 수 있게 허락해 주렴!"

　"가시죠!" 아글라야가 불렀다. "공작, 저를 에스코트해 주시죠. 그래도 되죠, 엄마? 아뇨, 그렇게 말고요. 여자한테 손을 그런 식으로 내미는 게 아니에요. 이렇게 해서 우리가 맨 앞장을 서죠."

하지만 그날 저녁 아글라야의 수수께끼는 아직 끝나지 않았다. 마지막 수수께끼는 이미 공작 홀로의 몫이었다. 별장에서 백보 정도 벗어났을 때, 아글라야는 입을 닫고 있던 자신의 기사에게 빠르게 반쯤 속삭이듯 말했다.

"오른쪽을 보세요. 공원에 있는 저 벤치를 보세요… 큰 나무 세 그루가 있는 공원이요… 녹색 벤치 보이시나요?"

공작은 보인다고 대답했다.

"가끔씩 아침 7시쯤 혼자 와서 앉아있곤 해요. 자, 이제 저한테서 떨어지세요. 더 이상 당신과 팔짱을 낀 채로 가고 싶지 않네요."

저녁은 훌륭했다. 오케스트라 근처에 있는 모든 좌석은 다 차 있었다. 그들 일행은 출구 근처 쪽에서 약간 떨어진 좌석에 자리를 잡았다. 공작은 심지어 다른 이들이 아글라야에게 말을 걸고 그녀에게 잘 보이려 한다는 사실조차 눈치채지 못했다. 그는 때때로 혼자서 자신만의 생각에 잠기고 싶어 그곳으로부터 도망치고 싶어졌다.

얼마 후 그는 불안한 듯 주위를 둘러보기 시작했다. 설마 그가 역에서 누군가와 우연히 만날지도 모른다는 사실을 잊었을까?

공작과 예판친 일행이 앉아있던 근처 출구 측면에서 갑자기 열 명 정도 되는 무리들이 나타났다. 맨 앞에는 세 명의 여성이 있었는데 그 중 두 명이 놀랄 정도로 특출나게 미인이었다. 그 중 한 명이 앞으로 나왔다. 그녀는 예전과 마찬가지로 웃었으며 큰 소리로 이야기했다. 그리고 매우 화려하면서도 비싸보이는 옷차림을 하고 있었다.

공작은 그녀를 세 달이나 보지 못했다. 페테르부르크에 오고 최근 며칠 동안 공작은 그녀의 집에 들르려고 했다. 그런데 어떤 예감 때문에 선뜻 발길이 떨어지질 않았다. 그는 그녀를 만나면 어떨지 감이 오질 않았다. 매우 껄끄러울 것이란 점은 확실했다. 그는 최근 6개월 동안 처음 그녀의 초상화만을 봤을 때 느꼈던 강렬한 인상을 몇 차례나 떠올리곤 했다. 초상화에서 풍겼던 인상만 해도 버거웠다. 이제 그녀가 갑작스럽게 나타났고, 그는 이 여인이 미쳤다는 사실을 확신했다. 세상에서 가장 사랑하는 여인이 쇠사슬에 묶여 있는 모습을 보는 듯한 기분을 공작은 지금 느끼고 있는 것이다.

"이런 년은 채찍으로 다스리는 수 밖에 없어요, 안 그러면 이런 인간은 어쩔 도리가 없다고요!" 어떤 장교가 나스타시야 필리포브나를 바라보며 큰 소리로 갑자기 말했다.

나스타시야 필리포브나는 순간 그에게 몸을 돌렸다. 그녀의 눈이 번쩍하더니 온 힘을 다해 자신을 모욕한 그 장교의 얼굴을 내리쳤다. 이 모든 것이 한 순간에 일어났다… 장교는 이성을 잃고 그녀에게 달려들었다. 이 순간 사람들 속에서 로고진이 나타나 재빨리 나스타시야 필리포브나의 팔을 잡고 빠져나갔다. 나스타시야 필리포브나를 끌고 가면서 로고진은 장교를 사악하게 비웃으며 한 마디 던졌다.

"얼씨구, 면상이 피투성이구만!"

마지막 사람들이 떠나고 난 후 경찰은 5초 후에 도착했다. 오케스트라가 다시 연주를 시작했다. 공작은 예판친 가족을 뒤쫓아갔다.

역에서 일어난 사건 때문에 예판친 장군 부인과 딸들은 매우 당황해했다. 불안과 흥분 속에서 리자베타 프로코피예브나는 딸들과 역에서부터 집까지 계속 뛰다시피 했다. 사람들은 리자베타 프로코피예브나의 방으로 슬슬 모여들었고 나중에는 공작 한 명만 밖에 덩그러니 남게 되었다. 공작은 구석에서 그저 멍하니 앉아있었다. 그곳을 떠날 생각이 없는 듯했다. 조금 창백해 보였지만 그럭저럭 차분해 보였다.

"거기서 뭐하세요?" 그녀가 공작에게 다가가며 물었다.

"모르겠습니다…"

"본인이 모르면 어떡해요! 아, 물어볼게 있어요. 만약 누가 공작에게 결투를 신청한다면 어떻게 하시겠어요?"

"어… 저에게는 아무도 결투를 신청하지 않을 겁니

다.”

“만약 한다면요? 매우 두려워 하시려나요?”

“제 생각에… 정말 무서울 것 같습니다.”

“총은 갖고 계신가요?”

“아니오, 제게는 총이 필요 없습니다.” 공작이 웃었다.

“반드시 좋은 프랑스제 혹은 영국제 총을 구입하세요. 뭘 웃고 계세요? 공작이 매일 사격 연습을 해서 목표물을 제대로 쏘는 법을 반드시 배우시길 바라요.”

공작은 웃었다. 아글라야는 짜증을 내며 발을 굴렀다. 그녀의 심각한 모습에 공작은 살짝 놀란 모습이었다. 하지만 그녀가 그의 앞에 있고 그가 그녀를 바라보고 있다는 것 외의 생각은 머릿 속에서 이미 사라져 버렸다.

“안녕히 계세요.” 아글라야가 인사를 하며 공작에게 악수를 청했다. 그녀의 손에는 쪽지가 들려져 있었다.

“내일 7시에 공원에 있는 녹색 벤치에서 기다릴게요. 공작과 직접적으로 관련된 정말 중요한 일을 알려드리려고요.

추신: 이 쪽지를 아무에게도 보여주지 마시길 바랍니다.

추신 2: 그 녹색 벤치는 얼마 전에 제가 보여드렸던 그 벤치입니다.”

III

공작은 열이 오르는 것 같았다. 그는 오랫동안 어두운 공원을 정처없이 돌아다니다가 벤치에서 고목까지 어느 한 가로수 길을 정처없이 걸어다니는 자신을 드디어 발견하였다. 그는 아글라야가 건네준 쪽지를 꺼내서 쪽지에 입을 맞춘 후 바로 생각에 잠겼다.

"정말 이상하군!" 심지어 슬픔에 잠겨 중얼거렸다. 그는 주의깊게 주변을 살펴본 후 자신이 이곳에 와 있다는 사실에 놀랐다. 매우 지친 상태로 벤치로 가서 앉았다. 주위는 고요했다. 공원에는 아무도 없었다. 조용하고 밝고 따뜻한 밤이었다.

만약 누군가가 그에게 이 순간 그가 사랑에 빠졌다고 말한다면, 그것도 정열적인 사랑에 빠졌다고 말한다면 그는 놀라서 그 말을 강하게 부인할 것이다. 그리고 누군가가 거기에 덧붙여서 아글라야의 쪽지가 밀회를 위한 것이라고 말한다면 그는 그렇게 말한 사람에게 결투를 신청했을지도 모른다.

가로수 길 모래 위에서 발자국 소리가 나는 바람에 공작은 고개를 들 수 밖에 없었다. 어두워서 얼굴을 분별하기 힘들었지만, 그 사람은 벤치로 와서 공작 옆에 앉았다. 공작은 재빨리 그 사람 옆으로 다가가서 그 사람이 창백한 얼굴을 한 로고진임을 알게 되었다.

"여기 어딘가를 서성이고 있을 줄 알았네." 로고진이 잇새에서 새는 소리로 중얼거렸다.

"어떻게 자네가…. 여기 있는 나를 찾아냈는가?" 뭔가 말을 꺼내기 위해 공작이 물었다.

"그 여자로부터 오는 길이네. 자네를 부르고 싶어하네. 자네에게 꼭 할 말이 있다며 오늘 와 달라고 부탁하더군."

"내일 가겠네. 지금은 집으로 가는 중일세. 자네… 우리 집으로 가겠나?"

"뭣 때문에? 나는 할 말 다 했네. 잘 가게."

"혹시 들르지 않겠나?" 공작은 조용히 되물었다.

IV

공작이 로고진과 별장에 도착했을 무렵, 별장 테라스
는 밝게 빛나고 있었고 많은 사람들이 모여 있었다. 그
광경을 보고 공작은 놀라지 않을 수 없었다. 공작이 테
라스로 올라가 보니 사람들이 이미 오래 전부터 샴페인
을 마시고 있는 듯 보였다. 거기 와 있는 손님들은 모두
공작의 지인이긴 했으나 막상 공작은 아무도 부르지 않
았고 생일에 대해서도 방금 혼자 기억해 냈던 것이다.

"누군가에게 샴페인을 한 턱 내겠다고 말을 흘렸구만.
그러니까 사람들이 이렇게 모여들었지." 로고진이 공작
을 따라 테라스로 들어오며 중얼거렸다.

사람들이 모두 환호성을 지르고 소원을 빌면서 공작
을 둘러쌌다. 공작은 그들 중 몇몇 사람들에게 시선이
갔는데, 특히 얼굴색이 유독 안 좋아보이는 이폴리트라
는 젊은이에게 눈길이 갔다.

사람들이 대화를 하기 시작하자 이폴리트란 청년은 갑자기 자신의 글을 낭독하겠다고 나섰다. 거기 모인 사람들은 설왕설래하다가 결국 그의 낭독을 들어보기로 했다. 이폴리트 청년은 처음 5분 정도는 신경질적으로 헉헉거리면서 정신없이 읽어내리다가 시간이 지나면서 안정적으로 자신이 쓴 글의 의미를 전달할 수 있게 되었다.

　글의 내용은 다음과 같다.

　　마지막 해명

　　어제 아침 공작이 우리 집에 와서 본인 별장으로 오라고 나를 설득했다. 그럴 줄 알았다. 나는 그가 별장에서 '사람들과 나무들 사이에서 죽는 것이 더 쉬울 것'이라 대놓고 말할 것이라 확신했다. 하지만 오늘 공작은 '죽는 것'이 아니라 '사는 것이 더 쉽다'고 말했다. 하지만 나의 상황에서 그것은 마찬가지였다. 나는 그에게 미소지으며 그가 마치 유물론자처럼 말하고 있다고 꼬집어 주었다. 그 역시 미소로 답하며 그는 늘 유물론자였다고 대답했다. 그는 절대 거짓말을 하지 않는 사람이라 아마 그 말에는 뭔가 뼈가 있을 것 같다. 그는 기분 좋은 미소를 지었다. 나는 그를 보다 자세히 훑어보았다. 나는 내가 이 사람을 좋아하는지 아닌지 스스로도 알 길이 없었다. 앞으로는 그런 생각은 하지도 않을 것이다.

나는 얼른 서둘러서 나의 이 '해명'을 내일까지 반드시 끝내야 한다. 그래서 다시 읽어볼 시간 따위는 없다.

만약 2달 전에 지금처럼 내 방을 완전히 떠나야 하는 상황이었다면 매우 슬펐을 것이다. 하지만 지금은 아무 느낌도 안 나고 내일이면 완전히 이 방을 떠난다! 그래서 2주일은 아쉬워할 가치도 없다는 것이 내 신념이다.

일주일 전쯤 키슬로로도프라는 학생이 나에게 왔다. 그는 유물론자, 무신론자이자 니힐리스트라는 자신의 신념을 밝혔고, 그래서 나는 그 학생을 불렀다. 나는 나에게 진실을 말해줄 사람이 필요했다. 그는 기꺼이 그렇게 해 주었을 뿐 아니라 심지어 대놓고 만족스러워하는 눈치였다. (사실 그럴 필요까진 없었는데 말이다.) 그는 나에게 약 한 달 정도의 시간이 남았다고 적나라하게 말해주었다. 아마 상황이 좋으면 조금 더 살 수 있을지 모르지만 반대로 더 일찍 죽게 될지도 모른다. 이 점에 대해선 그가 확실히 틀리지 않을 것이다.

4주 정도 시간이 남았을 때 몇 주 얼마 안 남은 삶이 더이상 살아갈 가치가 없다는 생각이 들었다. 그리고 3일 전부터는 이 생각이 나를 완전히 지배했다. 그리고 이 기간 동안 내 안에서 '마지막 신념'이 떠올랐다. 오히려 지금은 내가 지난 6개월 동안 이 '신념' 없이 어떻게 살 수 있었는지 그게 더 신기하다! 내 병이 불치병이란 사실을 잘 알고 있다. 나는 스스로를 기만하지 않았고 세상 돌아가는 이치도 잘 안다. 하지만 내가 세상 이치를 더 잘 알게 될수록 어떻게 해서라도 살고 싶은 마음은 더욱 커져갔다. 나는 왜 이미 삶을 시작할 수 없을 때 삶을 시작했으며, 이미 시도할 수 없을 때 시도했는가? 심지어 더 이상 책을 읽을 수도 없어서 독서를 중단했던 때였다. 6개월 동안 무엇을 위해 책을 읽고 무엇을 위해 알아가야 하는가? 그런 생각에 사로잡혀 책을 한두 번 내던진 것이 아니다.

그래서 나는 내가 얼마나 많이 관심을 갖고 그들의 삶을 주시하기 시작했는지 기억한다. 예전에는 그렇게 관심이 없었다. 내가 몸이 많이 안 좋아서 방 밖으로 못 나가니까 어떤 손님들이 오는지 매우 기대하게 되었다. 마치 뒷담화 하기 좋아하는 사람처럼 온갖 소문에 다 관심을 갖게 되었다. 나는 사람들이 그렇게 살 날이 많은데도 불구하고 왜 부자가 되지 못했는지 이해가 되질 않았다. (하긴 지금도 이해는 안 간다.) 아사했다고 들은 한 가난뱅이를 아는데, 그 이야기를 듣고 울화가 치밀었다. 만약 그 사람을 다시 살릴 수 있다면 내가 그 사람에게 벌을 내렸을 것이다. 가끔씩 몇 주 동안 마음이 가벼워질 때가 있는데, 그러면 거리로 나갈 수도 있었다. 하지만 거리로 나가면 울화가 치밀어 올라서 결국 하루종일 방안에 쳐박혀

있었다. 끝없이 누군가가 돌봐주어야 하는, 근심 가득한 사람들이 내 옆을 지나가는 꼴을 참을 수가 없었다. 앞으로 살아갈 날이 60년이나 더 남았는데 어떻게 살아야 할지 모르는 저런 불행한 사람들은 대체 누구 잘못 때문에 저렇게 사는가?

그때 내가 얼마나 열심히 기도했는지 모른다. 집도 일도 가족도 연고도 전혀 없는 열여덟 살짜리의 나를 때리고(그게 더 나을지도!) 굶주린 상태로 이 대도시의 거리로 쫓아내 달라고 말이다. 대신 건강하긴 해야 한다. 그러면 나는 뭔가 제대로 보여줄 수 있을 텐데…

하지만 뭘 보여줄 수 있을까? 나는 그리스 문법조차 공부할 수 없다는 것을 깨달았다. 문법책의 첫 페이지를 폈을 때 '나는 통사론까지 가기도 전에 죽을 것이다.'라는 생각이 떠오르자 책을 책상에 집어던질 수밖에 없었다. 그 문법책은 지금 책상 위에 그대로 있다.

내 '해명'을 손에 넣어서 끝까지 읽을 수 있는 인내심이 있는 사람이 나를 미치광이나 중학생 정도로 생각하고, 어쩌면 삶을 귀하게 여기지 않고 비양심적으로 살아 사형선고를 받은 사형수 정도로 취급할지도 모른다. 하지만 무슨 말도 안 되는 소리? 만약 그렇게 생각한다면 내 독자들은 크게 착각하게 되는 것이다. 내 '해명'은 내가 받은 사형선고와는 무관하다는 점을 확실히 말씀드리고자

한다. 그 사람들 모두에게 '행복'이 무엇인지만 물어보라. 오, 콜럼버스가 행복했던 순간은 아메리카 대륙을 발견했을 때가 아니라 발견하는 도중이었단 사실을 확실히 알아야 한다. 콜럼버스가 행복했던 순간은 신세계를 발견하기 3일 전이었을 것이다. 콜럼버스는 자신이 신세계를 발견했는지도 모른 채 사망했다. 삶에서 중요한 것은 끊임없이 무언가를 발견하고자 하는 과정이지 발견이라는 결과가 아니다! 아이고, 무슨 소리를 하는 것인가! 지금 내가 말하는 모든 것들이 마치 초등학교 저학년생들이나 할 법한 이야기라고 생각할 것이다. 혹은 나라는 사람이 말하고 싶은 것을 제대로 표현하지 못했다고 여기겠지… 어쨌든 한 마디만 더 덧붙이자면, 모든 천재적인 발상과 인류의 위대한 사상에는 핵심 중에서도 죽는 순간까지 타인에게 전달되지 못하는 부분이 항상 있는 법이다.

여기까지 하다 보니 벌써 해가 뜰 무렵이 된 것 같다. 그러던지 말던지! 삶의 원천이 무엇인지 직시하면서 죽을 것이며, 이 생을 더 구걸하지 않을 것이다! 아직까지는 죽는 날을 정할 권한은 있다. 그렇게 대단한 권한도 아니고 정해진 운명에 크게 반항할 수 있는 것도 아니지만 말이다.

마지막으로 해명하는 데 내가 죽는 것은 절대로 내 시한부 인생이 3주 밖에 남지 않아서가 아니다. 아마도 자살이 유일하게 내가 내 의지로 시작과 끝을 낼 수 있는 일이라서 그럴 것이다. 때때로 반항이 작은 행위가 아닐 수도 있다…

'해명'이 끝났다. 이폴리트는 드디어 말을 멈추었다…

18살의 병마에 시달리는 이 어린 청년은 금방이라도 나무에서 떨어질 것 같은 나뭇잎과 같이 연약해 보였다. 하지만 말을 마치자마자 그는 자신의 청중들을 가장 오만하고도 거드름을 피우는 듯한 눈빛으로 내려다 보았다. 하지만 사람들은 기분이 언짢은 듯 웅성이며 자리에서 일어났다.

갑자기 이폴리트는 의자에서 일어났다.

"해가 떴어요!" 그는 소리질렀다. "떴다고요!"

"그럼 해가 안 뜰 줄 알았던 거야 뭐야?" 손님들 중 누군가가 말했다.

"다 이해합니다, 여러분." 이폴리트가 흥분한 상태로 말을 꺼냈다. "제 글 때문에 여러분이 당혹스러워 하신다는 점 다 안다고요!"

"이 사람이 권총 자살을 하겠다고 하는데 다들 뭐 하시는 거죠! 이 사람을 한 번 봐요!" 베라가 소리지르며 겁에 질려서 이폴리트에게 다가갔다. "해가 뜨면 권총 자살을 한다잖아요!"

"자살하지 않았잖소!" 악의가 느껴지는 소리가 여기저기서 들려왔고, 그 중에는 가브릴라의 목소리도 섞여 있었다.

"자살하지 않을 거요, 애가 징징대는 거지!" 갑작스럽게 분개한 듯이 이볼긴 장군이 소리쳤다.

"내가 정말 권총 자살을 해야 직성이 풀리시나 보군요!" 이폴리트가 외쳤다.

"여러분…" 공작이 말을 꺼내려 했다.

"아, 잠시만요, 존경하는 공작," 레베제프가 말을 가로막았다. "지금 상황이 심각한 것 같은데 공작뿐 아니라 공작의 손님들 절반 이상이 그런 생각을 갖고 계신 것 같습니다. 그러니 도움을 요청 드리겠습니다!"

"뭘 하면 되겠습니까, 레베제프 씨? 저는 뭐든 도와드리겠습니다."

"자, 그러면 저 이폴리트란 친구가 지금 본인의 권총을 내놓게 해 주십시오. 저 친구가 권총을 내어준다면 저는 저 친구가 이 집에서 하룻밤 잘 수 있도록 허락하겠습니다. 하지만 내일은 어디가 됐든 반드시 이곳을 떠나야 합니다. 죄송합니다, 공작."

사람들이 웅성이기 시작했다. 레베제프는 흥분했고 사람들 중 몇몇은 경찰서에 가려고 했다. 가브릴라는 계속해서 아무도 권총 자살을 하지 않을 거라고 말할 뿐이었다.

"이런 역겨운 인간들을 봤나!" 이폴리트가 공작에게 중얼거렸다.

그는 공작과 말할 때 계속 고개를 숙이고 속삭이듯 말했다.

"그냥 그러려니 하세요. 당신은 지금 몸이 매우 쇠약합니다."

"잠시만, 잠시만요… 곧 떠날 겁니다."

갑자기 그는 공작을 포옹했다.

"아마 공작께서는 제가 미친 놈이라고 생각하시겠지요?" 이폴리트는 공작을 쳐다보면서 이상하게 웃어댔다.

"아니오, 다만…"

"잠깐만, 잠깐만요. 아무 말씀도 하지 말아주세요. 잠시만요… 저는 공작의 눈을 바라보고 싶습니다… 잠시 그렇게 계셔주세요. 제가 바라보겠습니다. 저는 인간사와 작별 인사를 할 겁니다."

이폴리트는 매우 창백한 얼굴로 아무 말도 안 하고 10초 가량 가만히 공작을 바라보았다.

"이폴리트, 이폴리트! 무슨 일입니까?" 공작이 소리쳤다.

"잠시만요… 아 괜찮습니다. 누워야겠어요. 조금 마셔야겠군요, 태양의 건강을 위해! 그러고 싶습니다. 내버려

두세요!"

이폴리트는 의자에서 재빨리 포도주 잔을 집어들고 정원으로 갔다. 공작이 뒤쫓아 갔으나 따라잡지 못했다. 이폴리트의 오른손에는 작은 권총이 빛나고 있었다.

X

　새벽 5시가 되어 손님들이 다 떠나자 공작은 다시 공원으로 갔다. 그는 집에서 잠을 청해 보았으나 잠이 오지 않았다. 그는 공원을 배회하다가 만나기로 했던 녹색 벤치에 도착해서 앉았다. 계속해서 우울한 상태로 있었다... 그는 잊어버렸던 꿈을 기억해냈다.

　그 꿈은 스위스에서 치료를 받던 첫 해에 있었던 때의 상황이었다. 당시 공작은 정말 백치 같은 상태였고 말도 제대로 하지 못했다. 하루는 산에 올라가 상념에 잠겨 오랫동안 걷고 있었다. 그의 앞에는 하늘이 반짝이고 있었고, 밑에는 호수가, 주위에는 밝고 끝없는 지평이 펼쳐져 있었다. 그는 주위를 둘러보고는 괴로워했다. 그가 정말 괴로운 이유는 이 모든 것들이 낯설게 느껴지기 때문이었다. 모두가 자기 길을 가고 있다. 공작 혼자서만 아무것도 모르는 상태였고 모든 것이 낯설었다.

공작은 벤치에서 잠들었다. 그 주위를 둘러싸고 적막
이 아름답고 강렬하게 맴돌았다. 계속해서 꿈을 꾸었으
며, 꿈 속에서 모든 것이 불안했다. 드디어 한 여성이 공
작에게 다가왔다. 공작이 아는 여성이었는데 뭔가 이상
했다. 공작이 원래 알고 있던 그 얼굴이 아니었다. 눈물
이 그녀의 창백한 뺨을 타고 흘렀다. 그녀는 손짓으로
그를 부르고는 입술에 손가락을 대었다. 그의 심장은 얼
어붙었다. 그는 엄청나게 끔찍한 일이 일어날 것 같다는
예감이 들었다. 그녀는 공원 멀지 않은 그곳에서 공작에
게 뭔가를 보여주려고 했다. 공작은 일어나서 그녀를 뒤
쫓아갔는데 누군가의 손이 갑자기 그의 손을 잡았다. 그
는 그녀의 손을 붙들고 꽉 잡고서는 눈을 떴다. 그 앞에
아글라야가 서서 크게 웃고 있었다.

XI

아글라야는 웃더니 화를 냈다.

"자고 있었군요! 잠들어 있었어!" 아글라야는 어이없다는 듯 소리질렀다.

"당신이었군요!" 공작은 중얼거렸다. "아, 그렇지! 이곳에서 약속이 있었어… 여기서 잠들었네요."

"봤어요."

"당신 말고 아무도 저를 깨우지 않았나요? 누가 또… 다른 여성이 있는 줄 알았는데요."

"다른 여자가 있었다고요?"

드디어 공작은 제정신이 돌아왔다.

"아, 꿈이었네요." 생각에 잠겨 공작이 중얼거렸다.

공작은 아글라야의 팔을 잡고는 벤치에 앉혔다. 본인도 그녀의 옆에 앉아서 생각에 잠겼다. 아글라야는 주의 깊게 옆에 앉아있는 그를 바라보았다. 그 역시 그녀를 쳐다보긴 했지만 때때로 허공을 보는 것같았다. 그녀는 얼굴이 빨개졌다.

"제가 당신이었다면 절대 잠들지 않았을 거예요."

"아, 제가 밤새 잠을 자지 못 했는데 좀 돌아다니다가 다시 와서 이런저런 생각을 하다보니 잠들었네요."

"근데 어떤 여자 꿈을 꾸신 거예요?"

"아… 그게… 당신은 모르는 여자입니다…"

"알겠어요. 아마도 그 여자를 정말… 꿈에서 어떻게 나왔는데요? 아니다, 별로 알고 싶지도 않네요." 그녀가 볼멘 소리를 냈다. "제가 공작을 이곳으로 부른 이유는 친구가 되어달라고 제안하고 싶어서에요. 왜 저를 그렇게 쳐다보시나요?" 화가 난 듯이 그녀가 물었다.

공작은 그 순간 정말로 그녀를 뚫어지게 쳐다보았고, 그녀가 또다시 얼굴을 붉힌다는 사실을 눈치챘다.

"저기요." 그녀가 다시 말을 이었다. "당신이 저에게 편지를 보내왔을 때부터 이 이야기를 하려고 오랫동안 기다렸어요… 절반 정도는 어제 들으셨을 거예요. 저는 공작을 세상에서 가장 정직하고 의로운 사람이라고 생각해요. 비록 사람들이 당신을 정신이 좀… 가끔은 정신이 이상하다고 하지만, 뭐 그건 중요하지 않아요. 당신의 정신은 다른 사람들 모두에 비해 훌륭해요. 아마도 평소 정신과 그렇지 않은 두 가지 정신이 있는 것 같아요. 그렇죠?"

"아마 그럴 겁니다." 공작이 겨우 말을 이었다.

"공작이라면 제 말을 이해할 줄 알았어요."

"당신은 정말 리자베타 프로코피예브나와 닮았군요."

"설마요." 아글라야가 놀라서 말했다. "공작은 어머니를 존경하시나요?" 아글라야는 이 질문이 얼마나 순진한지 깨닫지 못하고 물었다.

"매우 존경하죠. 당신이 제 말을 바로 이해하셨다니 기쁩니다."

"저 역시 기쁘네요. 사람들은 어머니를 때때로… 비웃거든요. 하지만 중요한 것은 제가 오랫동안 고민한 끝에 당신을 선택했다는 거에요. 저는 집에서 저를 바보 취급하지 않았으면 좋겠어요… 저는… 가출을 하고 싶어서 당신을 선택했어요. 그러니까 저를 도와주셔야 돼요."

"가출이라뇨!" 공작이 외쳤다.

"예, 가출이요! 우리 집에 있으면 창피해서 얼굴을 붉혀야 할 일이 끊임없이 생겨서 정말 진절머리가 나요. 당신을 선택했어요. 저는 당신한테 가장 중요한 일까지도 다 말할 생각이에요. 그러니까 당신도 저한테 아무것도 숨기면 안 돼요. 저는 적어도 한 사람하고만이라도 모든 것을 나누고 싶어요. 아무것도 두려워하지 않는 용감한 사람이 되고 싶어요. 무도회 따위를 다니고 싶진 않다고요. 득이 되는 일을 하고 싶어요. 가출은 오래 전부터 생각해 왔어요. 20년 동안 그 집에서 살았는데, 모두가 저를 시집보내지 못해서 안달이죠. 저는 아직 고딕 양식의 성당조차 한 번도 보질 못했어요. 저는 로마에도 가보고 싶고 파리에서 유학도 하고 싶어요. 최근 1년 동안 정말 공부를 많이 했고 책도 많이 읽었답니다. 온갖 종류의 금지 서적들은 다 읽었죠. 이미 어머니와 아버지에게는 제 사회적 위치를 바꾸고 싶다고 오래 전부터 말씀드렸어요. 우리는 사회에 득이 되는 일을 함께 해나갈 수 있어요. 저는 장군의 딸로 살고 싶지 않아요… 공작께서는 공부를 많이 하신 분이시죠?"

"오, 전혀 아닙니다."

"아, 안타깝군요. 저는… 그럴 거라고 생각했는데… 어쨌든 공작께서는 저를 이끌어 주시겠죠? 제가 공작을 선택했으니까요."

"그건 좀 이상합니다, 아글라야."

"전 집을 나가고 싶다고요!" 그녀는 다시 소리질렀다. "공작께선 도와주시지 않는다면 저는 가브릴라에게 시집가버리겠어요."

공작은 이상한 생각이 들었다. 그는 그의 앞에 서 있는 이 콧대 높은 아가씨가 예전의 그 도도하고 냉정했던 여인이 맞나 싶었다. 이렇게 차가운 미녀에게서 저런 어린아이와 같은 모습이 보인다는 사실을 믿을 수가 없었다.

"당신은 정말 좋아할 수가 없군요." 그녀가 갑자기 말했다. "나는 가브릴라가 좋아요."

"사실이 아니지 않습니까." 공작이 중얼거렸다.

"가브릴라에게 바로 이 벤치에서 사랑의 맹세를 했어요."

공작은 순간 얼어붙었고 생각에 잠겼다.

"사실이 아닙니다." 공작은 단호하게 다시 말했다.

"그는 다른 사람이 됐어요. 본인 자신보다 나를 더 사랑해요."

그녀는 다시 얼굴을 찡그렸다.

"당신을 추켜주고 싶었던 반면, 사실은 제가 모든 것을 알고 있다고 알려주고 싶기도 했어요 … 당신이 반년 전에 모든 사람들 앞에서 그녀에게 청혼한 것을 알고 있어요. 그 후에 그녀는 로고진과 도망갔었죠. 당신은 그녀와 잠시 같이 살았고, 그후 그녀가 당신에게서 벗어나 누군가에게 갔었죠. (이 부분에서 아글라야는 매우 얼굴을 붉혔다) 그리고 그녀는 다시 로고진에게 돌아갔어요. 로고진은 정말 그녀를 미친 듯이 사랑하는 것 같아요. 당신은 그녀를 쫓아 이곳에 오셨죠. 그리고 지금 꿈에서 그녀를 보셨고… 그 여자 때문에 이곳에 오신 거 맞죠?"

"네, 맞습니다." 공작은 조용히 대답했다. "알고 싶은 게 있어서요… 그녀가 로고진과 함께 있으면 행복할 거라고 생각하지 않습니다. 물론 그녀를 위해 제가 무엇을 할 수 있을지, 무슨 도움이 될지 모르지만요."

"왜 왔는지도 모르고 온 거라면 이미 그녀를 매우 사랑하는 거겠죠." 결국 그녀는 그 말을 하고 말았다.

"아니오. 사랑하지 않습니다." 공작이 대답했다. "그녀와 있었던 시간이 얼마나 끔찍했는지 몰라서 그럽니다!"

"다 이야기해 보세요." 아글라야가 말했다.

"사실 당신이 들으실 만한 이야기는 없습니다. 왜 제가 하필이면 당신에게 이 이야기를 다 털어놓으려고 했는지는 모르겠습니다. 아마도 당신을 정말 사랑했기 때문이겠죠. 그 불행한 여인은 자신이 비천한 인간이라 확신했지요. 그녀가 저에게서 도망간 이유가 뭔지 아세요? 저한테 본인이 매우 천한 사람이란 것을 증명하고 싶어서였어요. 오… 저는 그녀를 사랑했지만… 그 후에는… 그녀가 모두 알아차렸죠…"

"무엇을 알아차렸단 거죠?"

"저는 그녀를 동정했을 뿐이지 실상은… 그녀를 사랑하지 않는다는 사실을요."

"혹시 그 여자가 저에게 매일 편지를 썼다는 사실을 알고 계신가요?"

"그게 사실이었군요!" 공작이 불안에 떨며 소리를 질렀다. "그렇다고 들었지만 차마 믿을 수가 없었습니다."

"누구한테 들은 거죠?" 아글라야가 경악했다.

"로고진이 어제 저에게 말해주었습니다."

"아아… 뭐 로고진이라면 충분히 그러고도 남을… 그런데 그녀가 그 편지에 뭐라고 썼는지 아세요?"

"무슨 이야기를 들어도 놀라지 않을 겁니다. 그녀는 제정신이 아니거든요."

"여기 그 편지들이 있어요. (아글라야는 주머니에서 세 통의 편지를 꺼내어 공작 앞에 던졌다.) 벌써 일주일 내내 그녀는 저더러 당신과 결혼하라고 애원하고 있어요. 그녀는… 현명합니다. 물론 제정신이라고 볼 수는 없지만 저보다는 훨씬 현명해요… 그녀는 저를 좋아한다고, 그리고 당신이 저를 사랑하고 있으며 저에 대해 이야기를 나누었다고 하더군요. 그녀는 당신이 행복하길 바라고 오직 저만이 당신을 행복하게 해 줄 수 있다고 확신하더군요… 저는 아무에게도 편지를 보여주지 않았어요. 당신을 기다렸죠. 무슨 말인지 아시겠어요?"

"이건 미친 짓입니다." 공작이 입술을 떨며 말을 내뱉었다.

"그렇게 말씀하시다니 정말 당신은 냉혈한이군요!" 아글라야가 소리를 질렀다. "설마 그녀가 좋아하는 사람이

제가 아니고 오로지 당신 하나라는 사실을 모르는 것은 아니시겠죠! 이 편지들이 의미하는 것이 무엇일까요? 이건 질투라고요! 설마 이 여자가 정말로 로고진과 결혼을 할까요? 그녀는 우리가 결혼을 하게 되면 그 즉시 스스로 목숨을 끊을 겁니다!"

"신이 보고 계십니다, 아글라야. 만약 그녀가 행복해질 수만 있다면 저는 제 목숨을 바칠 각오도 되어 있습니다만… 저는 이미 그녀를 더 이상은 사랑할 수가 없고 그녀도 이 사실을 알고 있다고요!"

"당신은 그녀가 정상적으로 살 수 있도록 해야 할 의무가 있어요. 당신은 그녀와 다시 한번 이곳을 떠나야 해요. 당신은 그녀를 사랑하잖아요!"

"그녀가 나와 있으면 함께 파멸할 것이란 사실을 알기에 내버려 두는 겁니다. 당신은 그녀가 저를 사랑한다고 말씀하시지만, 과연 그게 사랑일까요? 제가 그런 일을 겪고도 사랑이라고 말할 수 있을까요!"

아글라야가 자리에서 일어났다.

"만약 그렇게 말씀하신다면, 당신의 그 정신나간 여성에 대한 미친 환상은 저와는 상관이 없는 거예요. 공작, 부탁이니 이 편지 세 통을 모두 가져가서 그녀에게 갖다주시죠!"

공작은 놀라서 벌떡 일어났다.

"진심이 아니란 것을 못 느끼시겠나요… 진심이 아니라고요!" 그는 중얼거렸다.

"진심이에요!"

"뭐가 진심이라는 거지?" 어디선가 목소리가 들려왔다.

그들 앞에는 리자베타 프로코피예브나가 서 있었다.

"제가 가브릴라와 결혼하겠다는 것이 진심이죠! 제가 가브릴라를 사랑하고 내일 그와 함께 이 집을 떠날 거란 사실이 진심이죠!"

"아니, 공작은 가지 말아주시죠." 리자베타 프로코피예브나가 공작을 멈춰세웠다. "대관절 무슨 일인지 설명 좀 해주시죠. 밤새 잠을 못 잤어요…"

공작은 그녀를 따라나섰다.

집으로 들어가서 리자베타 프로코피예브나는 힘없이 주저앉았다.

"혹시나 당신에게 이것저것 캐내려 한다고 생각하진 말아주세요…"

"하지만 부인께서는 왜 제가 아글라야와 만났는지 알고 싶으시겠죠?" 공작이 차분하게 물었다.

"네, 그건 그렇죠!" 리자베타 프로코피예브나가 얼굴을 붉혔다.

"저는 아침 7시에 아글라야를 만났습니다. 그녀가 중

요한 일에 대해 이야기하고 싶어했거든요. 그녀와 관련된 중요한 이야기를 나누었습니다. 그게 전부입니다."

"훌륭하군요, 공작!" 아글라야가 방에 들어서며 말했다. "이 정도면 됐나요, 엄마? 아니면 더 물어볼 게 남으셨나요?"

"공작, 이만 인사드리겠습니다. 심려 끼쳐서 죄송하네요. 제가 공작을 얼마나 존경하고 있는지 알아주셨으면 합니다."

공작은 인사를 하고 조용히 밖으로 나갔다.

XII

　그는 별장으로 갔다. 가슴은 쿵쾅대고 생각이 복잡해졌다. 주위의 모든 것들이 마치 꿈처럼 다가왔다. 갑자기 예전에 꾸었던 꿈을 꾸는 것 같았다. 공원에서 나왔던 동일한 여성이 그 앞에 서서 그를 같은 곳에서 기다리고 있었다. 그녀는 그와 얼굴을 마주보고 서 있었다. 헤어진 후로 처음이었다. 그녀는 그에게 뭐라 말을 했으나 그는 아무 말 없이 그녀를 쳐다보았다. 그녀는 길에서 그 앞에 무릎을 꿇고 앉았다.

　"일어나요, 일어나!" 공작은 너무 놀라 그녀를 일으키며 작게 말했다.

　"당신 행복해? 행복하냐고!" 그녀가 물었다. "한 가지만 대답해줘. 당신 이제 행복해? 지금 이 순간? 그녀와 함께 하니까 행복해? 그 여자가 뭐라고 말했어?"

　그녀는 그의 말을 듣지도, 일어나지도 않았다.

"당신이 시킨 대로 나는 내일 갈 거야. 마지막으로 보러 온 거야. 이제 정말 마지막이군!"

"진정해요. 일어나요!" 공작이 다급한 목소리로 말했다.

그녀는 탐욕스럽게 그의 얼굴을 쳐다보고는 그의 팔을 잡았다.

"안녕!" 그녀는 그렇게 말하고는 일어나서 도망치듯이 그에게서 빠져나갔다. 공작은 그녀의 주위에 로고진이 나타나 그녀의 팔을 잡고 데려가는 모습을 보았다.

"공작, 잠시만." 로고진이 외쳤다. "5분 후에 다시 이곳에 들를 걸세."

정말로 5분 후에 로고진은 돌아왔다. 공작은 같은 장소에서 그를 기다렸다.

"마차에 태워서 보냈네." 로고진이 말했다. "저 골목에서 마차가 10시부터 기다렸지. 그 여자도 자네가 저녁 내내 아글라야와 함께 있을 거라고 생각했네. 더 이상은 아글라야에게 편지를 쓰지 않겠다고 약속했네. 그리고 자네 바람 대로 내일 떠날 걸세. 자네를 보고 싶어했지. 바로 이 자리 뒤에 보이는 벤치에서 모두 보고 있었네."

"미쳤군!" 공작이 외쳤다.

"그럴 수도 있고 아닐 수도 있겠지." 로고진은 조용히 말했다.

공작은 대꾸하지 않았다.

"그럼 잘 있게." 로고진이 말했다. "나도 내일 떠나네. 나쁜 기억은 잊어버리게! 그런데 말이야, 형제." 로고진이 덧붙였다. "왜 아무 말도 해주지 않았는가? 자네가 행복한지 여부에 대해서 말이야."

"아닐세, 아니야, 아니야!" 공작은 끝없는 슬픔을 안고 소리질렀다.

"'맞아!'라고 대답했을 것 같은데." 로고진이 짓궂게 소리내어 웃으면서 뒤도 안 돌아보고 떠났다.

제4부

녹색 벤치에서 데이트를 한 후 일주일이 지났다. 어느 날씨가 화창한 아침에 오전 10시 반 경 바르바라 아르달 리오노브나는 지인을 만나러 집을 나섰고 골똘히 생각에 잠겨 귀가했다.

성격이 이렇다하고 한마디로 정의 내리기 힘든 부류의 사람들이 있다. 이런 사람들을 '평범한 사람', '다수에 속하는 사람'이라고 하는데, 사실 이런 '다수에 속하는 사람'이 사회 각 계층을 구성한다. 작가들은 자신의 소설에서 '다수에 속하는 사람'이 아닌 사회에서 일반적으로 보기 힘든 특이한 사람들을 묘사하려고 하는 경우가 많다. 현실에서 인물의 전형성은 물 속에 타놓은 것처럼 묽어져 있다. 우리 앞에는 한 가지 과제가 놓여져 있다. 지극히 '평범한' 사람들을 독자들에게 조금이라도 흥미롭게 보이게 하려면 소설가는 무엇을 해야 하는가? 이야기 속에서 평범한 사람들은 그냥 지나칠 수가 없다. 평범한 사람들은 대부분의 경우 사건에서 중요한 연결고리가 되기 때문이다. 이들이 없으면 소설의 사실성은 파괴될 것이다. 단지 재미를 위해 캐릭터가 강하고 특이하고 이상한 사람들로 소설을 채운다면 전혀 사실적이지 못하고 재미도 없을 것이다. 작가는 평범한 사람들 사이에서 흥미롭고 교훈적인 색깔을 찾아내야 할 것이다. 평범한 인물들의 본질은 늘 변치않는 평범함에 있다는 사실을 알 수 있다.

이런 '평범하고', '다수에 속하는 사람'들이 우리 이야기에도 몇몇 있는데, 아직까지 독자들에게 많이 선보이지 못했을 뿐이다. 바르바라 아르달리오노브나와 그녀의 오빠인 가브릴라 아르달리오노비치 같은 사람들이 여기에 해당된다.

부유한 명문가 출신에 수려한 외모를 지니고 교육도 잘 받은 데다가 똑똑하고 심지어 성품도 좋지만, 딱히 이렇다할 능력이나 자기만의 사상을 지니고 있지도 않고 소위 '다른 사람들과 다를 바 없는' 사람들을 보면 매우 안타깝다. 부자이긴 하지만 특별할 것은 없고, 가족들은 정직하지만 유명하진 않고 외모도 훌륭하지만 그렇게 인상적인 외모는 아닌 것이다. 교육은 잘 받았지만 그 지식을 어떻게 써먹어야 할지 모르고 본인만의 사상이 있는 것도 아니다. 후한 것 같지만 관용은 없는 사람들… 그런 사람들이다.

이런 종류의 사람들은 생각보다 훨씬 많을 정도로 세상에 차고 넘쳤다. 이들은 모든 사람들과 마찬가지로 두 종류로 크게 구분된다. 시야가 좁은 사람과 그보다 '훨씬 똑똑한' 사람 두 종류이다. 전자가 더 행복하다. 시야가 좁은 '평범한' 사람은 너무나도 쉽게 본인이 비범하고 독창적이라고 생각하고 그 사실을 매우 기쁘게 받아들이기 때문이다. 몇몇 러시아 귀족 아가씨들은 머리를 짧게 자르고 파란색 안경을 낀 후에 본인을 니힐리스트라고 자칭하면 이미 본인은 '신념'을 지닌 사람이라고 확신하게 된다. 그런 사람들은 타인의 생각을 잠깐 들어보거나 처음과 끝은 읽지 않고 어느 한 장만 읽고도 순간적으로 '나만의 신념'이 생겼다고 자부하게 된다. 순진함을 가장한 뻔뻔함이라고 표현이 가능하다면, 그런 뻔뻔함은 놀랄 만한 수준에 이를 정도이다.

우리 소설의 등장인물인 가브릴라 아르달리오노비치 이볼긴은 후자에 속한다. 그는 '훨씬 더 똑똑한' 인물에 속한다. 비록 본인은 머리부터 발끝까지 온몸으로 독창성을 바라고 있긴 하지만 말이다. 하지만 후자에 속하는 사람들은 전자에 속하는 사람들보다 훨씬 덜 행복하다. 그런 사람들 중에는 이상한 경우도 볼 수 있다. 독창성에 대한 열망이 너무 커서 정직한 사람이 비열한 짓을 하려고 결심하기도 한다. 심지어 이 행복하지 못한 부류의 사람들 중에는 정직할 뿐 아니라 선량하고 가족에 대한 마음이 너무 커서 타인까지 도와주고 있는데 본인은 어떤가? 평생을 안절부절 못하는 것이다! 그가 인류를 위해 자신의 의무를 잘 이행했다는 생각 따위는 전혀 위로가 되지 않는다. 심지어 이런 생각 때문에 더욱 짜증이 날 뿐이다. '대체 나는 내 평생을 어디에 허비한 것이며 무엇이 내 손발을 묶어놓아서 내가 화약을 발명하지 못한 것인가! 아마 내가 이렇게 쓸데없는 일에 시간을 허비하지 않았다면 화약을 발명하거나 아메리카 대륙 정도는 반드시 발견할 수 있었을 텐데 말이다. 뭐가 되었을지는 잘 모르지만 어찌됐든 반드시 뭔가는 발견했을 것이다!' 이런 사람들은 본인이 평생 무엇을 발견하고 싶어하는지, 무엇을 발견할 수 있는지를 정확히 알지 모른다는 특징이 있다. 화약인가, 아메리카 대륙인가? 하지만 무언가를 발견해야겠다는 열망만큼은 콜럼버스나 갈릴레이에 비견할 만하다.

가브릴라 아르달리오노비치도 이런 부류의 사람이었지만 아직 초기 단계에 불과했다. 본인이 능력이 없다는 사실은 본인도 계속 자각하고 있었지만, 그러면서도 본인이 매우 독창적이란 사실을 믿고 싶어하는 열망이 어린 시절부터 상충되어 왔다. 그는 매우 큰 열망을 가진 사람이었고, 태어나면서부터 신경질적인 듯 싶었다. 그는 본인의 큰 열망을 자신의 힘으로 받아들였다.

그의 이런 면이 스스로를 갉아먹었다. 그는 꿈에 그렸던 것을 얻기 위해서라면 가장 비열한 짓을 감행했을지도 모르지만, 공교롭게도 항상 그런 일이 발생하면 그런 비열한 짓을 하기에 너무나도 정직한 사람으로 변해 버렸다. (하지만 사소하게 비열한 짓은 언제든지 실행에 옮길 준비가 되어있었다.) 그는 가난한 자신의 집을 경멸과 혐오의 시선으로 바라보고 있었다. 심지어는 어머니마저 혐오스럽게 바라볼 때가 있었는데, 어머니의 그런 평판과 성격 덕분에 본인이 그만큼 커리어를 쌓을 수 있다는 사실을 알고서도 말이다. 예판친 장군 집에 들어갈 때 그는 스스로에게 이렇게 다짐했다. '이득을 취할 수만 있다면 끝까지 비겁한 놈이 되자'라고. 그러나 실제로 그가 끝까지 비겁하게 행동한 적은 없었다. 왜 그는 반드시 비겁한 놈이 되어야 한다고 생각했을까? 당시 그는 아글라야에게 놀라긴 했지만 어찌됐든 그녀와 잘 해보겠다는 생각은 버리지 않았다. 물론 그녀가 본인을 진지하게 생각할 거라고 믿은 적도 없지만 말이다. 그 후에 나스타시야 필리포브나와의 혼담이 오갔을 때 그에게 중요한 것은 돈뿐이었다. 아글라야를 포기하고 완전 낙담해 있을 때 그는 정말로 공작에게 돈을 돌려주었다. 그 돈은 미친 여자가 그에게 던져준 돈으로, 그 돈 역시 미친 놈이 그녀에게 가져다준 돈이었던 것이다. 돈을 돌려주면서 그는 수천 번을 후회했는데 그러면서도 내심 스스로 뿌듯해 하기도 했다. 오랜 시간이 지나고 나서야 그는 아글라야와 같이 순진하고 특이한 사람에게는 좀더 진지하게 대했어야 한다는 사실을 깨달았다.

가브릴라 아르달리오노비치의 여동생은 완전히 다른 타입의 인물이었다. 그녀도 열망이 강한 타입이긴 했으나 보다 오빠처럼 돌발적이라기 보다는 집착적인 부분이 더 두드러졌다. 그녀는 지혜로운 여성이었고 상황이 극단적으로 가더라도 지혜로움을 잃지 않았다. 물론 그녀 역시 독창성을 꿈꾸는 '평범한' 부류의 사람이었지만 본인에게는 특출난 독창성이 전혀 없다는 사실을 금새 깨달았다. 그리고 그 사실에 크게 눈물을 흘리며 슬퍼하지도 않았다. 아마 본인의 높은 자존감이 그런 행위를 허락하지 않았을지도 모른다. 그녀는 강한 결단력을 가지고 결혼을 하면서 첫 실질적인 행보를 내딛었다.

바르바라 아르달리오노브나는 오빠를 도와주기 위해 활동 영역을 넓히기로 마음먹었다. 그녀는 예판친 가문 사람들과 친해졌는데, 어린 시절의 추억 덕을 많이 보았다. 그녀와 그녀의 오빠는 어린 시절 예판친 네 딸들과 어울려 놀았던 것이다. 그리고 앞서 말한 것처럼 그녀는 지금 예판친 네에서 돌아와서 생각에 잠겨있었다.

집에서 가브릴라가 동생을 맞이하며 그녀의 얼굴을 뚫어지게 쳐다봤다.

"뭔가 알아냈니?" 그가 물었다.

"뭐 기대했던 것은 아무것도. 모든 것이 사실이란 것을 알아냈죠. 남편이 오빠나 나보다 더 정확했어요. 애초부터 그 사람이 예상한 대로 되었네요. 그 사람 어디 있죠?"

"집에는 없어. 뭐가 예상한 대로지?"

"공식적으로 공작은 약혼자라고 하네요. 언니들이 이야기하더라고요. 아글라야도 동의했고요. 이제는 숨기지도 않아요. (그 집은 지금까지도 모든 것이 비밀스러웠다.) 아델라이다 결혼식이 뒤로 미루어졌는데, 합동 결혼식을 하려고 한대요. 웬 서사시인가요! 서사시 같군요. 오늘 저녁에 벨로콘스카야 부인이 그 집에 간다는군요. 시기 적절하네요. 다른 손님들도 방문하겠죠. 벨콘스키 부인에게 공작을 정식으로 소개한다고 공표할 건가봐요. 한 가지 걱정하는 것은, 공작이 손님들이 있는 방에 들어갔을 때 혹시나 뭔가를 떨어뜨리거나 깨뜨리지는 않을까 하더군요. 아니면 본인이 쓰러지거나요. 그 사람은 충분히 그럴 수 있죠."

가브릴라는 매우 주의 깊게 들었으나 그렇게 놀라는 반응은 아니었다. 여동생은 오빠가 이렇게 놀라운 소식에 차분하게 반응하는 것이 매우 의외였다.

"음, 확실했었지." 생각에 잠겼던 그가 드디어 말을 했다. "드디어 끝장이군!" 이상하게 웃으면서 말을 덧붙였다. 그리고는 방안을 여기저기 돌아다니면서 동생을 쳐다보았지만 아까보다는 조용하게 걸어다녔다.

"오빠가 철학적인 태도로 받아들이니 다행이군요. 저로서는 기쁘네요." 바르바라가 말했다.

"적어도 너의 부담이 덜어진 셈이겠지."

"저는 오빠한테 할 만큼 한 것 같아요. 잔소리도 안하고 뭔가를 캐물어본 적도 없었잖아요. 아글라야로부터 어떤 행복을 찾고 있냐고 묻지도 않았죠."

"어, 뭐… 내가 아글라야로부터 행복을 찾았다고?"

"아무런 철학도 없이! 물론 그랬죠. 우리도 물론 할만큼 했고 결국 바보 꼴이 됐죠. 고백하건데 단 한 번도 진지하게 보고 있을 수가 없었어요. 나는 지금까지도 오빠가 무엇을 원했는지, 무엇을 얻었는지 모르겠어요."

"이제는 남편이랑 둘이서 나를 직장으로 쫓아내려 하겠군. 의지의 힘이 어떻다느니 강의를 하려 들겠지. 지긋지긋할 정도로 잘 알고 있다." 가브릴라가 껄껄대고 웃었다.

'이 인간이 또 무슨 생각을 하고 있는 거지!' 바르바라가 생각했다.

"그 집에선 어떤 반응이지? 부모들은 좋아하냐?" 가브릴라가 갑자기 물었다.

"아뇨, 그렇진 않은 것 같아요."

"그런 말이 아니야. 이런 이야기 자체가 말도 안 되고 공작이 생각없는 사윗감이란 점은 당연한 거지. 나는 현재 상황이 어떠냐고 묻는 거야. 지금 거기 상황은 어떠니? 정식으로 승낙한 거냐?"

"아글라야는 아직까지 '싫다'고 말하진 않았지만 그거면 됐죠. 아마 다른 식으로는 표현 안 할 걸요. 오빠도 아글라야가 얼마나 숫기가 없는지 잘 알잖아요. 근데 아마 아글라야 입장에선 뭔가 심각한 일이 있는 것 같아요. 그녀가 아침부터 밤까지 공작을 엄청 비웃긴 하지만 사실은 공작에게 매일매일 조금씩 무언가를 말하고 있는 거라고 하더군요. 확실히 공작은 하늘을 걷고 있고 빛나는 것 같다는 군요. 웃기는 인간이 끔찍하다고요."

바르바라는 일어나서 어머니에게로 올라가려 했다.

"가는 거냐?" 가브릴라가 갑자기 그녀를 향해 몸을 돌렸다. "잠깐만 이리 와서 이것 좀 봐봐."

그가 다가와서 그녀 앞에 있는 탁자에 접혀져 있는 종이 쪽지를 던졌다. 그 쪽지에는 딱 일곱 줄의 문장이 적혀있었다.

"가브릴라 아르달리오노비치! 당신이 저에게 호의적이
란 사실을 잘 알고 있기에 중요한 일에 대해 당신의 조언
을 듣고 싶습니다. 내일 오전 7시 정각에 녹색 벤치에서
뵙고자 합니다. 당신의 별장에서 멀지 않은 곳에 있습니
다. 바르바라가 반드시 함께 올 텐데 이 장소가 어딘지
잘 알고 있습니다. A.E."

II

　공작은 바르바라가 예판친 집에 방문하기 며칠 전에 이미 초대를 받았다.

　아글라야는 조용히 들어와서 공작에게 인사를 하고는 원탁 테이블에서 가장 잘 보이는 자리에 남들이 다 알아차리도록 티나게 가서 앉았다. 그녀는 공작에게 뭔가 묻고 싶은 눈빛을 보냈다. 사람들은 드디어 올 게 왔구나 하고 생각했다.

　"공작에게 개인적으로 묻고 싶은 게 있어요. 저와 결혼을 하실 건가요, 아닌가요? 거짓말하지 마시고요. 공작 때문에 사람들이 자꾸 이상한 질문을 해온다고요, 정말!"

　"오, 하느님!" 리자베타 프로코피예브나가 경악을 금치 못했다.

　"저는 당신에게 청혼을 한 적이 없습니다, 아글라야."

공작이 말했다. "하지만… 제가 당신을 얼마나 사랑하고 신뢰하는지는 잘 알고 계시겠죠…"

"제가 물어봤잖아요. 저한테 청혼하실 건가요, 아닌가요?"

"청혼하겠습니다." 기어들어가는 목소리로 공작이 대답했다.

"그럴 수는 없네, 친애하는 친구여." 예판친 장군이 크게 놀라며 말했다. "그건… 그건 말도 안 되는 일이네… 미안하네, 공작! 리자베타 프로코피예브나!"

"저도 동의하지 못해요!" 리자베타 프로코피예브나가 말했다.

"엄마, 제가 한 말씀 드릴게요. 제 운명이 정해지는 순간인데 물어보고 싶은 게 있어요. 공작, 만약 저에게 청혼을 하시는 거라면 어떻게 저를 행복하게 해 주실 건가요?"

"모르겠습니다, 아글라야. 어떤 대답을 드리고 뭘 말씀드려야 할 지도 모르겠네요… 그런데 제가 무슨 말을 해야 하나요?"

"공작, 아무래도 피곤하신 것 같군요. 좀 쉬면서 기운을 차리시지요. 물 한 잔 드세요. 안 그래도 차를 한 잔 드리려고 했습니다."

"저는 당신을 사랑합니다, 아글라야. 정말 사랑합니

다. 하지만… 장난처럼 말씀하진 말아주세요, 부탁입니다."

"이건 중요한 문제에요. 우리는 애들이 아니잖아요… 공작, 당신 재산은 얼마나 되는지 말씀 좀 해 주시겠어요?"

"얘, 얘, 얘야! 아글라야! 지금 무슨 소리니!" 예판친 장군이 너무 놀라서 외쳤다.

"아니 그런 저속한 말을!" 리자베타 프로코피예브나가 크게 중얼거렸다.

"미쳤구나!" 알렉산드라 역시 크게 말했다.

"재산이라면… 돈을 말씀하시는 겁니까?" 공작이 놀라서 물었다.

"네, 바로 그렇죠."

"저는… 지금은 13만 5천 루블이 있습니다." 공작은 얼굴을 붉히며 웅얼댔다.

"겨우 그 정도요?" 아글라야는 얼굴색 하나 안 변한 채 노골적으로 놀란 표정을 지으며 소리 높여 대답했다. "뭐, 괜찮아요. 절약을 하면 되죠… 일은 하실 건가요?"

"가정교사 자격증을 따고 싶어요…"

"괜찮군요. 그러면 우리 재산이 늘어날 테니까요. 시종무관이 될 생각은 없나요?"

"시종무관이오? 생각해 본 적 없습니다."

아글라야의 두 언니들은 깔깔대며 웃었다. 아델라이다는 이미 오래 전부터 아글라야 역시 웃음을 꾹 참고 있다는 것을 알고 있었다. 아글라야는 언니들을 무서운 눈초리로 째려보았으나 결국 본인도 참지 못하고 웃음을 터뜨렸다. 그리고 일어나서 방에서 뛰쳐나갔다.

"이럴 줄 알았어. 결국 웃음거리로 끝날 줄 알았다고!" 아델라이다가 외쳤다. "처음부터 이럴 줄 알았어."

"말도 안 돼. 그냥 두고 볼 수는 없어!" 화가 난 리자베타 프로코피예브나가 아글라야의 뒤를 쫓아서 나갔다. 그리고 두 언니들도 어머니의 뒤를 쫓아나갔다. 방에는 공작과 집안의 가장인 장군만 덩그러니 남았다.

"무슨 일인지 이해가 갑니까, 공작?" 장군이 외쳤다.

"아글라야가 저를 비웃은 것 같습니다." 공작이 침울하게 대답했다.

"잠시만… 나한테라도 설명해 주시오, 공작. 지금 무슨 일이 일어난 겁니까?"

"저는 아글라야를 사랑합니다. 그리고 그녀도 이 사실을 오래 전부터 알고 있었습니다."

"이상하군… 많이 사랑하오?"

"많이 사랑합니다."

"그거 참 이상하군요. 이런 예상치 못한 일이… 저는 재산을 말하는 게 아닙니다. (물론 재산이 더 많을 거라고 생각하긴 했지만요.) 하지만 딸의 행복이 아무래도…공작은 그 애를 행복하게 해줄 수 있는 거요? 그리고 딸애는 장난인 거요, 진심인 거요?"

문이 열리면서 아버지를 부르는 알렉산드라의 목소리가 들렸다.

"잠시만 기다리면서 생각 좀 하고 계시오. 금방…" 예판친 장군은 황급히 나갔다.

아글라야는 눈물로 범벅이 된 행복한 얼굴로 어머니의 품에서 아버지를 쳐다보며 크게 웃었다. 그리고 아버지에게 달려가 꼭 끌어안고 몇 번이고 키스를 했다. 그러고 나서 다시 어머니에게 달려가 울기 시작했다. 리자베타 프로코피예브나는 숄로 그녀를 감싸주었다.

"대체 무슨 짓이니, 이 매정한 딸년 같으니라고!" 어머니는 그래도 기쁨의 목소리로 말했다.

"네, 저는 나쁜 딸인걸요!" 아글라야가 갑자기 반복해서 말했다. "나쁜 딸이죠! 버릇없고요! 아버지한테도 말씀해 주세요. 아, 마침 저기 계시네요. 아빠? 들리시겠죠!" 아글라야가 눈물을 흘리면서 웃으며 말했다.

"내 귀여운 것, 내 전부!" 장군은 기뻐서 딸의 손에 입을 맞추었다. "그래 얘야, 너는 그… 그 젊은 공작을 사랑하게 된 거냐?"

"아아… 이젠 그렇지 않아요!" 아글라야가 갑자기 화

를 냈다.

그리고 얼굴이 온통 빨개질 정도로 진지하게 말했다.

"네 뜻대로 하렴. 공작이 저기서 기다린단다. 공작에게 이제 그만 가도 된다고 말하려무나."

"아뇨, 그럴 필요도 없어요. 아버지가 직접 가서 말씀해 주세요. 저는 뒤따라 갈게요. 제가 무례하게 대한 것을 사과하러 가야겠어요."

"좀 심하긴 했지." 장군이 진지하게 말했다.

"그러면… 모두 이곳에 계시고 제가 먼저 혼자서 가볼게요. 나머지 분들은 제가 들어간 후에 와 주세요. 다들 같이 와 주세요. 그게 좋겠어요."

아글라야가 문 앞까지 갔다가 갑자기 돌아왔다.

"저 아무래도 또 웃을 것 같아요!" 침울하게 말했다.

하지만 바로 휙 하며 공작에게 달려갔다.

"대체 무슨 일이오?" 예판친 장군이 재빨리 말했다.

"말하기가 무섭군요." 리자베타 프로코피예브나가 대답했다. "하지만 뻔합니다."

"정말 뻔하지. 사랑하는 거야."

"사랑하는 정도가 아니라 완전히 빠져들었어요!" 알렉산드라가 말했다.

"하느님께서 그 아이를 축복해 주시길!" 리자베타 프로코피예브나가 성호를 그었다.

"이건 운명인가 보다." 장군이 확신했다.

그리고나서 모두가 거실로 들어갔는데, 그곳에는 또다른 돌발 상황이 기다리고 있었다.

아글라야는 웃지 않았을 뿐 아니라 수줍어하며 공작에게 다가가 말했다.

"이 어리석고 아무것도 모르는 소녀를 용서해 주세요. (그녀는 공작의 손을 잡았다.) 그리고 우리 모두가 공작을 정말 존경한다는 사실을 알아주세요. 만약 제가 당신의 훌륭하고 선량한 마음을 조롱했다면 아직 철이 없다고 생각하시고 용서해 주세요."

아글라야는 마지막 말을 강조하면서 말했다.

"왜 그런 말씀을 하시는지…" 공작이 중얼거렸다. "왜 미안하다고 하시는지…"

아글라야에게 다시 드나들 수 있고, 그녀와 다시 이야기 할 수 있다는 사실 만으로도 이미 공작은 충분히 행복했다. 그것만으로도 그는 한평생 만족해 했을지도 모를 일이다!

공작은 유쾌했다. 저녁 내내 혼자서 계속 말하고 이것저것 이야기를 많이 했다. 질문이 있으면 상세하고도 기쁜 마음으로 답해주었다. 아글라야는 저녁 내내 거의 아무 말도 하지 않았다. 하지만 공작의 말을 놓치지 않고 들었으며 한시도 그에게 눈을 떼지 않았다.

"눈을 떼지도 않고 쳐다보네요!" 리자베타 프로코피예브나가 남편에게 말했다.

"뭐 어쩌겠어. 운명이지!" 장군이 말했다.

이 집의 화목한 분위기는 오래 가지 못했다. 아글라야는 다음날 공작과 또다시 싸웠고 그런 싸움은 계속되었다.

III

　예판친 장군 별장 파티에 벨로콘스카야 부인이 초대되었다. 사교계에서 그녀의 말에는 큰 힘이 있는지라 예판친 장군 내외는 아글라야의 약혼자가 이 '노부인'의 손을 빌려 사교계로 진출하기를 바랐다. 조만간 공작을 사교계에 진출시켜야 하는데 공작은 사교계가 뭔지 전혀 알지 못했던 것이다. 즉 그를 '선보이고' 싶었던 것이다. 벨로콘스카야 부인 외에도 사교계의 고위급 손님들도 초청되었다.

　공작은 벨로콘스카야 부인이 올 것이란 소식을 파티가 열리기 3일 전에 들었다. 파티가 열린다는 소식은 전날 듣긴 했다. 아글라야는 시간이 갈수록 계속 초조해지고 신경질을 부리기 시작했고, 공작은 미칠 것 같았다.

　"내일 오후까지는 저희 집에 안 오셨다가 저녁에 손님

들이 다 모일 때 와 주셨으면 좋겠어요."

그 순간 공작은 그녀 역시 자신을 걱정하고 있다는 사실을 깨닫고 불안해졌다.

"예, 저도 초대받았죠." 그는 대답했다.

아글라야는 잠시 뜸을 들였다.

"저는 엄마도 말하는 그 고리타분한 규칙들이 진절머리가 나요. 모두가 그 악습 같은 규칙에 머리를 조아린다고요! 벨론스까야 할망구 한 명만 말하는 게 아니에요. 그 할망구는 모두를 손아귀에 쥐고 흔들 정도로 똑똑하시죠. 우리는 늘 중간층 사람들에 불과해요. 그런데 왜 꼭 상위층에 끼지 못해서 안달이죠?"

"아글라야, 내 말 좀 들어봐요." 공작이 말했다. "아마 내가 내일 사교계 입단 테스트에서 불합격할까봐 불안해하는 것 같은데요."

"제가요? 당신 때문에 불안해 한다고요?" 아글라야는 얼굴을 붉혔다. "저랑 무슨 상관이죠? '불합격'이란 말은 악습에 속하는 말이에요."

"뭐… 학교에서나 쓰는 말이긴 하죠."

"당신은 내일도 그런 말을 쓰고 싶은가 보군요. 아예 집에서 그런 어휘를 더 찾아보시지 그래요. 아마 효과가 배가 되겠죠! 찻잔을 잡는 법이라던가 차를 우아하게 마시는 법은 아시나요?"

"안다고 생각합니다."

"안타깝군요. 또 웃고 싶었는데 말이죠. 적어도 거실에 있는 중국 도자기 정도는 부숴주세요! 비싸고 선물받은 거니까 깨면 엄마가 미쳐서 사람들 앞에서 울 거예요. 뭔가 떨어뜨리거나 부숴주세요. 늘 그랬듯이."

"가급적 멀찌감치 앉겠습니다. 미리 알려줘서 고마워요."

"뭔가 심각하고 학술적이고 고상한 이야기를 꺼내보세요. 아마… 아주 좋을 걸요!"

"그런 이야기를 하면… 우스울 것 같습니다."

참지 못하고 아글라야가 말했다.

"살면서 마지막으로 하는 이야기니까 잘 들어주세요. 만약 사형이라던가 러시아 경제 상황이라던가 혹은 '아름다움이 세상을 구원한다' 같은 이야기를 하신다면, 제가 미리 말씀드리건데… 다시는 제 앞에 얼씬도 하지 말아주세요!"

"마치 제가 반드시 그런 말을 꺼내야 하는 것처럼 말씀하시는 것 같은데… 어쩌면 화병은 깰 것 같군요. 어제까지만 해도 아무것도 두렵지 않았는데, 이제는 좀 두려워지네요. 정말 뭔가 깰 것 같습니다."

"그럼 조용히 계세요. 앉아서 조용히 계시라고요."

"그렇게는 안 될 것 같습니다. 아마 너무 긴장해서 말실수를 하거나 꽃병을 깰 것이 확실합니다. 아마 바닥에 미끌어져서 넘어지거나 비슷한 일이 일어날 것 같군요! 내일 안 가는게 낫겠어요! 저 아프다고 전해주세요!"

"그건 말도 안 되죠! 누구를 위한 파티인데 당사자가 나타나지 않다뇨…"

"아, 알겠어요, 갈게요!" 공작이 얼른 말을 막았다. "그리고 약속하는데 저녁 내내 한 마디도 하지 않겠어요."

"잘 해보세요."

공작은 밤새 열에 시달렸다. 벌써 며칠 밤마다 열이 났다. 이번에는 이런 생각이 들었다. 만약 모든 사람들이 있는 앞에서 발작을 일으키면 어쩌지? 이 생각이 들자 오한이 들었다.

다음날 오전 9시쯤 공작은 두통을 느끼며 눈을 떴다. 갑자기 로고진이 보고 싶어졌다.

저녁 9시쯤 공작은 이미 예판친 장군 집 거실에 있었고 손님들도 꽉 차 있었다. 나중에 아글라야 언니들 표현에 따르면 공작의 언변은 '필요없는 이야기는 하지도 않으면서 훌륭하고 겸손하고 조용했으며, 잘 차려입고 우아한 태도로 거실에 들어왔다'. '바닥에 미끌어지지 않았을 뿐' 아니라, 모두에게 기분 좋은 인상을 주었다.

여기 모인 모든 사람들은 물론 '집안끼리 친한 친구들'

이었으나, 사실은 공작이 생각한 것처럼 친한 친구들과는 거리가 멀었다. 공작은 그것을 자각하지 못했고 아글라야는 그로 인한 비극을 예견하지 못했다. 아글라야는 이날 파티에서 놀랄 정도로 아름다웠다. 세 자매 모두가 옷차림, 머리모양이 매우 훌륭했다. 공작은 아글라야가 두어번 그를 쳐다보고는 흡족해하는 것을 눈치챘다. 시간이 갈수록 그는 행복감을 느꼈다. 그는 말을 아꼈고 누군가 그에게 질문을 할 때만 답을 했고, 결국에는 조용히 남의 말을 경청했다. 그러다가 어떤 질문에 답변을 하며 말을 시작하게 되었다.

IV

손님들 중 한 명이 니콜라이 안드레예비치 파블리셰프란 이름을 거론했고, 그 이름을 듣자 공작은 그쪽으로 몸을 돌려 경청하기 시작했다.

"그러니까…이반 페트로비치는 돌아가신 니콜라이 안드레예비치 파블리셰프와 친척일세… 자네 그 친척을 찾지 않았었나?" 공작 옆에 앉아있던 예판친 장군이 공작에게 작게 말했다.

"여기 있는 므이쉬킨 공작은 양친께서 돌아가신 후 니콜라이 안드레예비치 파블리셰프로부터 양육을 받았습니다."이반 페트로비치와 눈이 마주치자 예판친 장군은 이렇게 덧붙였다.

"매우 반갑군요."이반 페트로비치가 말했다. "공작을 기억할 수 있겠습니다. 알아볼 수 있겠어요. 제가 공작을 어린 시절에 봤는데 별로 안 변하셨네요."

"저를 어렸을 때 보셨다고요?" 공작이 깜짝 놀라서 물었다.

"훨씬 한참 전이지요."이반 페트로비치가 말을 이었다.

"아, 이럴 수가!" 공작은 매우 흥분하며 어쩔 줄 몰라 했다. 왜 공작이 그렇게 흥분했는지 알 수가 없었다. 그는 지나칠 정도로 '행복감에 젖어있었다'.

"이 파블리셰프는 어떤… 수도원장과 관련된 특이한 이야기가 있었는데…" 한 고위층 손님이 기억을 더듬으며 말했다.

"예수회 수도원장 구로와 관련된 이야기를 말씀하시는 군요." 이반 페트로비치가 기억해냈다. "니콜라이 안드레예비치는 꽤 많은 자산을 지닌 귀족이었습니다… 갑자기 모든 봉직을 버리고 가톨릭으로 개종하여 예수회 신자가 되었지요."

공작은 눈이 휘둥그레졌다.

"파블리셰프가… 가톨릭으로 개종했다고요? 말도 안 돼요!" 공작이 경악해서 외쳤다.

"말도 안 될 건 뭡니까!"이반 페트로비치는 딱딱하게 말했다. "아이고, 우리 착한 공작께서…"

"정말 마음 아픈 이야기군요!" 공작이 소리질렀다.

"아마 우리 모두가… 지쳐서 그런 것이 아닐까 싶습니다." 늙은 고위층 관리가 거드름을 피우며 말했다. "공작, 자네는 요즘 젊은 사람 치고는 신앙심이 매우 좋은 사람 같군." 노관리가 공작을 부드럽게 쳐다보며 말했다.

"파블리셰프는 매우 지혜롭고 신실한 기독교인이었습니다." 공작이 말했다. "가톨릭은 비기독교적인 신앙 아닙니까!" 공작이 갑자기 그렇게 덧붙였다.

"아, 그건 좀 심한 말인 것 같은데." 노관리가 말했다.

"비기독교적인 신앙이지요!" 공작은 절제되지 않은 흥분된 목소리로 외쳤다. "이게 첫 번째이고, 두 번째로는 로마 가톨릭은 무신론보다 나쁘다는 것이 제 의견입니다. 로마 가톨릭은 전세계 국가 권력 없이는 이 땅에 교회가 설 수 없다고 믿습니다! 제 생각에 로마 가톨릭은 신앙이 아니라 서로마 제국을 잇는 후계나 다름이 없습니다. 사회주의 역시 가톨릭의 결과입니다! 사회주의도 무신론과 마찬가지로 도덕성이 상실된 종교에 대한 염증을 느껴서 등장했다는 것과 마찬가지니까요! 사회주의 역시 폭력, 칼과 피를 통해 자유를 얻으려는 것일 뿐입니다!"

공작은 말을 멈추었다.

"내 보기엔 공작이 은인 이야기에 충격을 크게 받으신 듯싶군." 노관리가 부드럽게 말을 이어나갔다. "공작이 사람들과 더 많이 소통을 했다면, 이런 일들을 보다 유연하게 넘길 거라고 생각하네만… 이렇게 크게 충격받는 일도 드문데, 주로 무료할 때 사람이 이런 반응을 보이거든…”

그런데 순간 어떤 예상치 못한 사건이 일어나는 바람에 대화는 끊겨버렸다.

처음에 공작이 거실에 들어왔을 때는 아글라야가 말했던 것처럼 중국 화병이 있는 곳에서 되도록 멀리 앉았다. 그런데 파티 분위기가 점점 달아오르면서 그의 마음도 점점 들뜨기 시작했다. 그는 파블리셰프에 대해 이야기를 들으면서 탁자 앞으로 더 다가갔고 나중에는 중국 화병 바로 앞에 바짝 앉게 되었다.

공작은 마지막 말을 하면서 자리에서 일어났고, 조심성 없이 팔을 휘두르다가… 갑자기 방안이 다 울릴 정도로 큰 소리가 났다! 화병이 떨어진 것이다.

공작은 순간 무슨 일이 일어났는지 파악하지 못했다. 깨진 화병 조각들이 치워지고 사람들이 빠르게 하는 말이 들렸다. 그리고 창백한 얼굴로 이상하게 그를 쳐다보는 아글라야의 모습을 보았는데 아글라야의 눈빛에는 원망이 나타나진 않았다. 그녀는 놀라긴 했으나 다정하게 쳐다보았고 다른 사람들도 비슷하게 눈을 빛내며 공작을 쳐다보고 있었다… 그의 마음이 갑자기 아프면서도 안심이 되었다. 마침내 공작은 모든 사람들이 심지어 웃으면서 다들 앉는 모습을 놀라며 바라보았다! 그 웃음은 친근하고 유쾌한 웃음이었다. 리자베타 프로코피예브나를 비롯한 모든 사람들이 공작에게 따스한 말투로 말을 걸었다.

"어떻습니까?" 공작이 마침내 말을 꺼냈다. "리자베타 프로코피예브나, 저를 용서해 주시겠습니까?"

다들 더 크게 웃었고 공작은 눈가에 눈물이 고이기 시작했다. 이 사실을 믿을 수가 없었고 행복감이 느껴졌다.

"도자기 때문에 사람이 끝장이라니 이 무슨 재앙이란 말인가!" 리자베타 프로코피예브나가 크게 말했다. "됐어요, 공작. 공작 때문에 더 놀랐네요."

"그럼 다 용서해 주시는 겁니까? 화병 말고도 제가 저지른 모든 일들에 대해서요?" 공작이 자리에서 일어났다. "저는 감사를 드리는 것이 아닙니다. 저는 단지… 당신들의 호의에 감복할 따름입니다. 여러분들을 보니 참 행복합니다. 아마도 제가 지금 말을 좀 버벅거리는 것 같지만, 설명을 꼭 드려야 할 것 같습니다…"

공작은 벨로콘스카야 부인을 쳐다보았다.

"괜찮아요, 계속 말씀하세요." 부인이 말했다. "어려워하지 말고 말씀하세요. 당신은 선량한 사람입니다. 좀 재미있는 부분이 있긴 하네요. 아마 2코페이카를 준다고 하면 생명을 구해준 것 마냥 고마워할 것 같네요."

"저는 이곳에 오면서 마음이 많이 어려웠습니다." 공작이 활기찬 목소리로 빠르게 말을 이어갔다. "저는… 여러분들과 제 자신이 두려웠습니다. 뭐 그게 어떻냐고요? 저는 고상하고 순박하고 똑똑한 분들을 알게 되었습니다. 그분들은 저 같은 애송이에게 친절하게 대해 주시고 제 말씀도 잘 들어주시더군요. 남에게 아량을 베풀 줄 아는 선량한 러시아인들이었죠."

"다시 한번 부탁하네만 진정하게, 젊은 친구. 우리 이이야기는 다음 번에 한꺼번에 이야기하면 어떨지…" 노관리가 웃음띤 얼굴로 말했다.

"제 말씀을 들어보세요! 물론 말만 하는 것은 좋지 않습니다. 본보기가 되거나 아니면 시작이라도… 저는 이미 시작했지만요. 과연 현실에서 불행하다는 것이 가능할까요? 만약 행복해지는 법을 안다면 슬픔과 불행이 뭔들 어떻겠습니까? 나무 옆을 지나면서 행복하지 않은 사람들을 이해할 수가 없습니다. 대체 무엇을 보는 걸까요? 자신을 사랑해 주는 사람과 대화하면서 행복하지 않은 사람도 이해할 수 없습니다. 아이와 노을, 그리고 자라나는 풀잎을 보십시오. 당신을 바라보고 사랑해주는 눈을 쳐다보세요…"

공작은 오랫동안 서서 말했다. 리자베타 프로코피예브나는 누구보다 먼저 상황을 눈치채고는 소리를 질렀다. "아, 하느님!" 아글라야는 잽싸게 공작에게 달려가 그를 팔로 안았다. 그리고는 두려움에 사로잡힌 불행하게 느껴지는 비명소리를 듣게 되었다. 병자인 공작은 카펫 위에 누워있었고, 발작이 시작되었다.

아무도 예상치 못한 상황이었다. 30분이 지나자 모두가 집으로 돌아갔다.

벨로콘스카야 부인은 집을 나서며 리자베타 프로코피예브나에게 말했다.

"음, 좋은 점도 있고 좀 모자란 점도 있구만. 그런데 모자란 점이 더 크네. 저 사람은 병자라고!"

리자베타 프로코피예브나는 결국 공작은 사윗감이 '절대 될 수 없다'라고 결론내리고 '내 눈에 흙이 들어가기 전까진 공작은 아글라야의 남편이 될 수 없다'라고 다짐했다. 그렇게 결심하며 다음날 아침을 맞이했다.

언니들이 조심스럽게 질문을 하자 아글라야는 딱 잘라 차갑게 대답했다.

"나는 공작한테 그 어떤 약속도 하지 않았고 그를 내 약혼자라고 생각해 본 적도 없어. 그 사람은 여느 다른 사람들과 마찬가지로 제3자에 불과해."

리자베타 프로코피예브나는 갑자기 얼굴이 빨개졌다.

"나는 네가 그럴 줄은 몰랐구나." 실망한 듯한 말투로 말했다. "공작이 신랑감으로 부적절하다는 건 나도 안다. 하지만 네가 그런 말을 할 줄이야! 어제 나는 모든 사람들을 다 쫓아내더라도 공작만은 있으라고 했을 거다. 그 사람이 어떤 사람이니!"

갑자기 그녀는 자신이 내뱉은 말에 놀라 말을 멈추었다. 만약 그녀가 그 순간 아글라야에게 공정하게 대하고 있지 않다는 것을 깨달았더라면… 하지만 이미 아글라야는 머릿 속으로 이미 모든 것을 결정했다. 그녀는 때를 기다렸고 그래서 그녀를 향한 모든 질문이 그녀의 마음에 비수가 될 수밖에 없었다.

V

공작은 불길한 예감을 느끼며 이날 아침을 맞이했다.
물론 병 때문이라고 생각할 수도 있었다. 그는 계속 슬
픔을 느꼈다. 그리고 혼자서는 이 슬픔을 진정시킬 수
없다는 사실을 깨달았다. 오늘 그는 특별하고도 결정적
인 일이 일어날 것이란 예감을 점점 강하게 느꼈다. 그중
발작은 경미한 징후에 불과했다. 마음도 아팠지만 그 와
중에도 머리는 기민하게 돌아갔다. 그는 느즈막히 일어
나서 어떻게 집까지 왔는지 기억해냈다. 예판친 장군집
에서 사람이 와서 그의 상태가 괜찮은지 살펴보고 갔다.
11시 반쯤에 또다른 사람이 오자 공작은 기분이 좋아졌
다. 두시쯤 예판친 장군네 가족들이 '잠시'만 있다 간다
고 말하며 들르자 공작의 얼굴은 밝아졌다. 공작은 서둘
러서 어제 화병을 깬 일과 그리고… 난리를 친 일에 대
해 다시 한번 사과했다.

"음, 그건 괜찮아요." 리자베타 프로코피예브나가 대답했다. "병은 아깝지 않아요. 공작 당신이 걱정이 되지. 어제 난리가 났었다는 사실은 알고 계시는군요. '다음날 아침에 보니…' 그렇다는 거겠죠. 공작에게는 아무도 뭐라하지 않아요. 안녕히 계세요. 기운이 있으시면 좀 걸으시고 다시 잠을 청해보세요. 오고 싶으시면 예전처럼 언제든지 오시고요. 공작은 여전히 우리 집안의 친구이죠. 적어도 제 친구입니다."

공작은 저녁에 예판친 집에 반드시 '예전과 마찬가지로' 방문해야겠다고 결심했는데, 우연히 그날 저녁 아글라야 이바노브나와 나스타시야 필리포브나가 만나기로 했다는 사실을 알게 되었다.

이미 끝장이 난 것과 다름없었다. 그런데 아글라야는 왜 나스타시야가 보고 싶은 것일까? 아니, 공작은 아글라야를 어린아이 취급한 적이 없었다! 두 여자가 만난다는 사실이나 만나려는 이유보다도 나스타시야 필리포브나 그녀 자체가 두려웠다. 그는 점심 식사를 가져다 주었는지도 기억하지 못했고 점심 식사 후에 본인이 낮잠을 잤는지도 기억하지 못했다. 그가 정확히 기억하는 순간은 아글라야가 그를 보러 테라스로 들어왔을 때이다. 7시 15분 쯤이었다. 그녀는 혼자 왔고, 가벼운 옷차림에 잠시 들른 듯했다. 얼굴은 창백했지만 눈빛은 타오르고 있었다. 그녀는 그를 뚫어지게 쳐다보았다.

"준비는 다 되셨네요." 그녀는 차분하고 조용한 목소리로 말했다. "같이 나가시죠. 나갈 힘은 있으시죠?"

"힘은 있지만… 그래도 될까요?"

공작은 더 이상 아무말도 못 했다. 그들이 나스타시야 필리포브나의 별장에 도착했을 때, 문은 열리면서 기다리고 있던 로고진이 내려와 공작과 아글라야를 맞이하고 문을 닫았다.

"집에는 우리 넷 말고는 아무도 없소." 로고진이 말하고는 공작을 기이한 눈으로 쳐다봤다.

첫 번째 방에는 나스타시야 필리포브나가 기다리고 있었다. 그녀는 수수하면서도 온통 검은색 옷을 입고 있었다. 그녀는 그들을 맞이하기 위해 일어났지만 웃음기가 하나도 없었으며 공작에게 악수를 청하지도 않았다.

아글라야는 방 구석에 있는 소파에, 나스타시야 필리포브나는 창가에 앉았다. 공작과 로고진은 앉지 않았고, 앉으라는 말도 듣지 못했다. 몇 초간 정적이 계속 흘렀다.

드디어 아글라야는 나스타시야 필리포브나를 단호하게 정면으로 바라보았다. 그 순간 아글라야는 정적의 생각을 정확히 읽어냈다. 여자는 여자를 알아보는 법이다. 아글라야는 한기를 느낀 듯 몸을 떨었다.

"제가 왜 보자고 한지는 당연히 아시겠죠." 아글라야 가 드디어 입을 열었다.

"아니오, 모르겠는데요." 나스타시야 필리포브나가 냉 담하게 대답했다.

아글라야는 얼굴이 붉어졌다.

"다 아실텐데… 그런데 모르는 척… 하시는 군요."

"대체 제가 왜요?"

"제가 당신 집에 있는 상황을… 이용하고 싶으시겠 죠…"

"이 상황에서 잘못이 있다면 제가 아니라 당신일 텐데 요. 제가 당신을 보자고 한 게 아니라 당신이 저를 보자 고 한 겁니다."

"뭔가 잘못 이해한 거 같은데요." 그녀가 말했다. "저 는 이곳에 당신과 싸우러 온 것이 아닙니다. 제가 아무 리 당신을 좋아하지 않는다 해도 말이죠. 당신이 저에게 쓴 편지에 대해 직접 대답을 하러 온 겁니다. 잘 들으세 요. 저는 므이쉬킨 공작을 처음 만난 날부터, 그리고 당 신 집 파티에서 일어난 사실을 알게 된 그때부터 이 사 람이 불쌍하다고 생각했어요. 이 사람이 불쌍했던 이유 는 이렇게 순박한 사람이 당신과 같은 여성과… 행복할 수 있다고 믿었기 때문이죠… 제가 우려하던 일이 벌어 지더군요. 당신은 이 사람을 사랑할 줄 몰랐고, 단지 괴롭히다가 차버렸어요. 당신은 이이를 사랑하기엔 너무도 거만했죠… 아뇨, 당신은 단지 자기애가 너무 강해서… 미치광이 수준이에요. 당신은 이렇게 순박한 사람을 사랑할 수 없었겠죠. 그래서 그는 저에게 편지를 썼고, 저는 편지를 보고 모든 것을 다 파악했어요. 저는 당신이 반드시 이곳으로 올 거라고 생각했어요. 당신은 페테르부르크가 아니면 살 수 없는 사람이니까요. 시골에서 지내기엔 너무 젊고 세련되었죠… 제가 공작을 다시 만났을 때 정말 마음이 아팠어요. 웃지 마시죠…"

"보시다시피 웃지 않는데요." 나스타시야 필리포브나는 슬픈 듯 경직된 목소리로 말했다.

"뭐, 사실 웃어도 상관없어요. 공작은 이미 오랜 전부터 당신을 사랑하지 않는다고 말했고 당신에 대해 떠올리기만 해도 마음이 아파서 괴롭다고 하더군요. 살면서 이런 사람은 처음 봤어요. 어느 누구라도 이 사람을 속일 수 있을 거고, 또 누구라도 그는 용서할 거예요. 그래서 저는 이 사람을 사랑하게 되었죠…"

아글라야는 말을 멈추고 자기도 모르게 그런 말을 한 자기 자신을 믿지 못하는 눈치였다. 결국 이제는 전혀 중요하지 않았다.

"이제는 제가 당신에게 뭘 원하는지 아시겠죠?"

"알 것 같긴 한데, 그래도 직접 말씀해 보시죠." 나스타시야 필리포브나가 조용히 대답했다.

"당신한테 알고 싶은 게 있어요." 아글라야가 단호하고 또박또박 말했다.

"대체 무슨 권리로 당신은 나에 대한 공작의 감정에 간섭하는 거죠? 무슨 권리로 감히 나에게 편지를 쓸 생각을 한 거죠? 무슨 권리로 당신은 공작을 버리고 그렇게 모욕을 주면서 도망갔으면서 시시각각 그와 나에게 당신이 그를 사랑한다고 알리는 거죠?"

"나는 그에게도, 당신에게도 그를 사랑한다고 알린 적이 없어요." 겨우 힘을 내어 나스타시야 필리포브나가 말했다.

"뭐라고요?" 아글라야가 소리질렀다. "그럼 당신이 쓴 이 편지들은요? 누가 당신한테 우리 중매를 서 달라고 부탁하던가요? 왜 당신은 그냥 조용히 이곳을 떠나지 않았나요? 왜 당신은 당신을 사랑하는 남자와 결혼하지 않는 건가요? 당신이 양심있는 여자가 되고 싶다면 왜 토츠키를 차버리지 않았나요… 굳이 그런 쇼를 벌여야 속이 시원했나요?"

"당신이 나에 대해 뭘 안다고 이렇게 나를 심판하는 거죠?" 나스타시야 필리포브나가 백짓장처럼 하얗게 질려 부들부들 떨었다.

"당신이 일을 하러 간 게 아니라 갑부 로고진과 떠나

서 마치 타락한 천사처럼 보이려고 한 거 다 알아요. 만약 양심이 있었다면 담배팔이라도 했겠죠."

두 여자 모두 고개를 들고 창백한 얼굴로 서로를 바라보았다.

"아글라야, 그만하시죠! 이건 정말 너무합니다." 공작이 외쳤다. 로고진도 이미 얼굴에서 웃음기가 사라졌지만 조용히 팔짱을 낀채 대화를 듣고 있었다.

"자, 이 여자를 보세요." 나스타시야 필리포브나가 분노에 몸을 떨며 말했다. "나는 저 여자가 천사라고 생각했어요! 원하신다면… 당신들이 왜 나에게 왔는지 정확히 말씀드릴까요? 내가 무서웠던 거죠, 그래서 온 거고요."

"당신을 무서워한다고?" 아글라야가 물었다.

"당연히 나를 무서워하겠지! 왜 당신이 나를 무서워하는지, 그리고 당신의 진짜 목적이 뭔지 알아? 아마 직접 보고 싶었겠지. 공작이 당신보다 나를 더 사랑하는지 아닌지. 당신은 질투심이 어마어마하니까…"

"공작은 당신을 증오한다고 나에게 말했어…" 아글라야가 기어가는 목소리로 말했다.

"저 사람이 나를 증오할 리도 없고 그렇게 말할 위인도 못 되지! 원한다면 지금 당장… 그가 당신을 버리고 나한테 와서 나랑 결혼하라고 명령하겠어. 그럼 당신은 혼자서 집으로 도망가겠지?"

그녀도 아글라야도 잠시 멈추더니 미친 사람들처럼 기대하는 눈빛으로 공작을 쳐다보았다. 그러나 공작은 자기 앞에 서 있는 절망적이고 정신이 나간 듯한 얼굴이 보일 뿐이었다. 그는 이 광기 어린 분위기를 더 이상 참지 못하고 나스타시야 필리포브나를 가리키며 아글라야에게 말했다.

"결국 이렇게 되었군요! 이 여자는… 제정신이 아니잖아요!"

하지만 공작은 이 말만 겨우 마칠 수 있었다. 아글라야는 얼굴을 가리고 소리를 지르면서 방을 뛰쳐나갔고, 그 뒤를 로고진이 쫓았다. 공작도 따라가려했으나 나스타시야 필리포브나가 문턱에서 그를 껴안았다.

"저 여자를 따라가는 거야? 저 여자를…?"

그녀는 의식을 잃고 공작의 팔로 쓰러졌다.

VI

 2주 후에 우리 주인공의 스토리, 특히 마지막 모험은 정말 이상한 가십거리로 변해버렸다. 그리고 주인공의 이웃으로부터 조금씩 동네 전체로 퍼져서 결국에는 도시 전체가, 심지어는 도시 근방에까지 다 알려졌다. 대부분의 사람들이 똑같은 이야기를 하고 또 하고 심지어 수천가지 버전으로 변형해서 말하고 다녔다. 한 공작이 유명한 집안에서 물의를 일으켰는데, 원래 약혼녀를 거절하고 다른 여자한테 빠져서 모든 인연을 끊고 조만간 그 여자와 정식으로 공개 결혼을 할 거라는 이야기가 돌았다.

 그후 2주 동안 공작은 밤낮으로 나스타시야 필리포브나와 함께 있었고, 그녀는 산책을 가든 콘서트장을 가든 항상 공작을 대동했다. 그는 그녀와 마차를 타고 돌아다녔다. 만약 그녀가 한시라도 보이지 않으면 걱정하기 시작했다. (이 모든 정황을 보건데 그는 그녀를 진심으로 사랑했던 것이다.) 하지만 이 기간 동안 몇 차례 예판친 장군 댁에 갑작스럽게 방문했는데 이 사실을 나스타시야 필리포브나에게 숨기지도 않았고 이에 그녀는 크게 절망했다. 예판친 집에서는 그를 받아주지 않았고 아글라야와 만나게 해 달라는 그의 청을 거절했다. 그렇게 거절당하면 그는 아무 말도 하지 않고 돌아섰으며, 다음 날이되면 또다시 찾아가 또 거절을 당하곤 했다.

VII

결혼식 전날 공작은 나스타시야 필리포브나를 기분좋
게 해 주었다. 페테르부르크 양장점에서 장신구, 결혼식
드레스, 머리 장신구 등이 온 것이다. 공작은 그녀가 그
정도로 장신구에 탐닉할 줄은 예상하지 못했다. 그는 할
수 있는 미사여구는 다 늘어놓았고 그녀는 그 말을 들을
때마다 점점 행복해했다.

결혼식은 저녁 8시로 예정되어 있었다. 나스타시야 필
리포브나는 7시에 이미 준비가 다 되어 있었다. 7시 반에
공작은 마차를 타고 교회로 출발했다. 참고로 공작은 관
습 중 그 어느 한 가지도 빠뜨리기를 원치 않았기 때문
에 모든 일들이 '하던 대로' 공개적으로 진행되었다. 나스
타시야 필리포브나가 현관 밖으로 나왔다. 군중들은 그
녀가 나타나자 소리를 질렀다.

"이런 절세미녀를 봤나!"

"공작 부인! 저런 아름다운 공작 부인이라면 내 영혼도 팔 수 있지!" 한 학생이 외쳤다. "밤을 함께 보낼 수만 있다면 목숨도 내놓을 수 있어!"

나스타시야 필리포브나는 백지장처럼 하얗게 질려서 현관으로 나왔다. 마차 문이 열렸는데 그녀는 갑자기 소리를 지르며 현관에서 군중 속으로 뛰어들었다. 현관에서 5발자국도 안 되는 곳에 로고진이 갑자기 등장했다. 그녀는 마치 미친 사람처럼 그에게 달려가서 그의 두 손을 움켜쥐었다.

"나 좀 살려줘! 나를 여기서 꺼내줘! 아무 데나 좋아!"

로고진은 그녀를 두 손으로 번쩍 들어올리다시피 해서 마차에 태웠다. 그리고 눈 깜짝할 사이에 100루블을 꺼내서 마부에게 건넸다.

"기차 역으로 가세. 시간에 맞게 도착하면 100루블 더 주지!"

그리고 본인도 나스타시야 필리포브나 뒤에 올라타 마차 문을 닫았다. 마부는 조금도 지체하지 않고 말에게 채찍질을 했다.

공작은 차분한 모습으로 교회에서 나왔다. 그는 얼른 집에 가서 혼자 있고 싶어하는 것 같았으나, 초대받은 몇몇 사람들이 그를 따라와 방에 들어왔다. 사람들은 대화를 시작했고 공작은 차를 대접했다.

밤 열시 반이 되어서야 공작은 혼자 남을 수 있었다. 공작은 머리가 지끈거리기 시작했다. 로고진이 나중에 설명하길 공작은 마지막 만남에서도 아무것도 미리 말하지 않았다고 한다. 아마 그에게 자신의 속마음을 숨겼던 것 같다. 곧 집은 텅 비었다.

VIII

다음날 아침 공작은 이미 페테르부르크에 있었다. 오전 9시쯤 그는 로고진 집 벨을 눌렀다. 그는 대문으로 들어갔으나 아무도 오랫동안 문을 열어주지 않았다.

"로고진 씨는 집에 안 계십니다." 드디어 답변이 왔다.

"그는 어젯밤 집에 있었나요? 그리고… 어제 혼자 돌아왔나요?"

"누구신데 그런 질문을 하시죠?"

"레프 니콜라예비치 므이쉬킨 공작입니다. 친한 지인입니다."

"그 사람들은 집에 없습니다."

문이 닫혔다.

공작은 한 시간 후에 다시 오기로 결심했다. 마당을 둘러보는데 문지기를 만났다.

"로고진은 집에 있소?"

"있습니다."

"나한테는 집에 없다고 말하던데?"

"그러면 아마 나갔을 겁니다요." 문지기는 그렇게 말했다.

"나스타시야 필리포브나는 어제 함께 없었소?"

"그건 모릅니다."

공작은 그곳을 나와서 얼마 동안 생각에 잠겨 보도를 걸어다녔다. 로고진이 쓰는 방 창문은 다 닫혀있었다. 날은 화창하고 더웠다. 공작은 길을 건넜다가 다시 한번 창문을 보려고 멈춰 섰다.

그는 잠깐 서 있었는데 갑자기 커튼 끝에서 한 순간 로고진의 얼굴이 보이는 듯했다.

모든 것이 의심스러웠고 석연치 않았다. 공작은 두 시간 후쯤 다시 한번 들르기로 마음 먹었다. 그런데 누군가 갑자기 그를 뒤꿈치로 치더니 아주 작은 목소리로 귀에 속삭였다.

"레프 니콜라예비치, 나를 따라오게."

로고진이었다. 그는 이미 반발자국 앞서서 가고 있었다.

"자, 레프 니콜라예비치 자네는 이곳에서 집까지 쭉 가게나, 알겠나? 나는 다른 쪽으로 갈 거야. 보폭을 맞춰 서로 쳐다보면서 가세…"

로고진은 말을 마치고는 길을 건넜다. 그런 식으로 그들은 오백보 정도 걸었는데, 공작이 갑자기 떨기 시작했다. 로고진은 계속 공작을 쳐다보았다. 공작은 참지 못하고 로고진을 불렀다. 마침 로고진도 그 순간 길을 건너 공작에게 다가갔다.

"나스타시야 필리포브나는 정말 자네와 함께 있나?"

"함께 있네."

"방금 창문 사이로 보던 게 자네인가?"

"그렇다네…"

벌써 저녁 10시 쯤이 되었다. 공작은 반대편 보도에서 집쪽으로 다가갔다. 로고진은 본인이 있던 보도에서 바로 현관으로 올라가 손을 흔들었다. 공작은 로고진이 서 있는 현관 쪽으로 건너갔다.

로고진은 계단을 올라가면서 공작을 돌아보며 조용히 걸으라고 부탁했다. 문을 조용히 열고 공작을 먼저 들여보낸 다음 조심스럽게 공작을 뒤따라가더니 문을 잠그고는 열쇠를 주머니에 넣었다.

"가세." 로고진이 속삭였다. "자네가 아까 벨을 눌렀을 때 마침 여기 서있었네. 자네라고 짐작했지. 이 창문으로 가서 커튼을 들춰보니 자네가 거기 서서 나를 바로 쳐다보고 있더군…"

"대체… 나스타시야 필리포브나는 어디 있는가?" 공

작이 숨을 헐떡이며 물었다.

"그녀는… 여기 있어." 로고진은 느릿느릿 말했다.

"어디에?"

로고진은 눈을 들어 공작을 한참 쳐다보았다.

"가보세."

그는 서두르지 않고 느릿느릿하게 생각에 잠긴 듯 속삭이며 말했다. 그들은 서재로 들어갔다. 방안은 온통 깜깜했다.

"촛불을 켜지 그러나?" 공작이 말했다.

"아니, 그럴 필요 없네." 로고진이 공작의 팔을 잡으며 대답했다. 그리고 공작을 의자에 앉혔다. 본인은 맞은편에 앉아 의자를 바짝 끌어당겨 공작과 무릎이 거의 닿을 정도였다. "잠시 앉아있게나!" 그가 말했다. 잠시 침묵이 흘렀다.

"로고진! 나스타시야 필리포브나는 어디에 있나?" 별안간 공작이 속삭이며 묻다가 몸을 떨며 일어났다. 로고진 역시 일어났다.

"저기 있네." 로고진이 커튼을 가리키며 중얼거렸다.

"자고 있나?" 공작이 속삭였다.

로고진은 다시 한번 공작을 뚫어지게 바라보았다.

"그럼 가보게! 다만 자네는… 아냐, 가보세!"

그는 커튼을 들어올렸다.

"들어가보게!" 로고진이 말했다. 공작은 들어갔다.

"여긴 어둡네." 공작이 말했다.

"보일 거야!" 로고진이 웅얼거렸다.

"겨우 보이는데… 침대가 있군."

"가까이 가보게나." 로고진이 작게 말했다. 공작은 한 발자국씩 더 가까이 갔다. 한 발자국 더 가까이 가다가 멈춰섰다. 그는 서서 일이분 정도 안을 살펴보았다. 침대 상황이 어떤지를 알 수가 있었다. 침대에는 누군가 자고 있었고 잠에 취해 전혀 움직이지 않았다. 작은 숨소리조차 들리지 않았다. 자고 있는 사람은 머리부터 하얀 담요가 씌워져 있었다. 사람이 누워있는 것처럼 보였다. 주변은 정신이 없었는데, 침대, 소파, 방바닥까지 벗겨진 옷, 비싼 흰 실크 드레스, 꽃, 리본들이 아무렇게나 팽개쳐져 있었다. 침대 맡 작은 탁자에는 벗겨져서 내동댕이쳐진 다이아몬드가 반짝였다. 발에는 레이스가 있었고, 허연 레이스 위로는 맨발 끝이 보였다. 발끝은 대리석으로 만든 것 같았으며 무서울 정도로 꼼짝도 하지 않았다.

"나가지." 로고진이 그의 팔을 잡았다.

그들은 나와서 앉아있던 의자에 다시 앉았다.

공작은 상황을 이해하려고 모든 신경을 곤두세워 이야기를 들었으며, 의문이 담긴 눈빛을 보냈다.

"자네 짓인가?" 드디어 공작이 커튼을 가리키며 말을 꺼냈다.

"그렇지… 나일세…" 로고진이 중얼거렸다.

5분 정도 정적이 흘렀다.

"이보게…" 공작이 말을 꺼냈다. 공작은 마치 물어보려고 했던 질문을 막 잊은 듯 무엇을 물어봐야 할지를 몰라 당황해했다. "자네 무엇으로 그녀를? 칼로? 그 칼로?"

"그 칼일세…" "잠시만, 들리나?" 갑자기 로고진이 공작의 말을 제지하고 두려워하며 앉았다. "누군가 걷고 있어! 들리나? 거실일세…"

둘 다 일어나서 소리를 들었다.

"들리네." 공작은 확실한 어투로 말했다.

"걷고 있는 거지?"

"걷고 있네."

"문을 닫을까, 말까?"

"닫아."

문을 닫고 둘은 또다시 앉았다. 오랫동안 침묵이 이어졌다.

공작은 로고진에게 해야 할 말은 하지 않았고 해야 할 일은 하지 않았다는 사실을 문득 깨달았다. 로고진은 공작에 대해 아예 잊어버린 것처럼 공작을 향해 고개도

돌리지 않았다. 공작은 그를 쳐다보며 기다렸다. 시간이 흘렀고 아침이 도래했다.

몇 시간이 흘러 문이 열리고 사람들이 들어왔다. 사람들은 완전히 의식을 잃은 살인자를 발견했다. 공작은 그 옆에서 미동도 없이 앉아 있었으며, 로고진이 비명을 지를 때마다 떨리는 손으로 쓰다듬고 달래듯이 그의 머리카락과 뺨을 어루만져 주었다. 하지만 공작은 방에 들어와 그를 둘러싼 사람들의 말을 이해하지도, 알아보지도 못했다.

IX(결말)

　로고진은 사건에 대해 확실하고 정확하고 흠잡을 데 없는 진술을 했기 때문에 공작은 처음부터 재판에서 해방되었다. 로고진은 재판이 진행되는 동안 말이 거의 없었다. 그에게는 15년간 시베리아 유형이 선고되었다. 그의 막대한 재산은 동생 세묜에게 넘어갔고 세묜은 매우 기뻐했다.

　공작은 또다시 스위스 슈나이더 교수 병원으로 가게 되었다. 아글라야 이바노브나 예판치나는 폴란드 출신의 망명자와 짧은 교제 이후 부모님의 반대를 무릅쓰고 그와 결혼했다. 불쌍한 리자베타 프로코피예브나는 딸에게 갔으나 계속 러시아를 그리워했고 해외의 모든 것에 대해 불평했다. "빵을 제대로 구울 줄 모르는군." 그녀는 말했다. "외국에 있는 모든 것들, 당신네 모든 유럽 것들은 다 환상이야. 해외에 있는 우리 모두도 하나의 환상

이야…"

작품 해설

김인경

"이 소설에서 나타나는 주된 사상은 절대적으로 아름다운 인간을 묘사하는 것이란다… 아름다움은 이상이지… 이 세상에서 절대적으로 아름다운 존재는 바로 그리스도 한 분이 유일하단다…"

위의 내용은 도스토옙스키가 가장 아끼고 사랑했던 조카 소피야에게 쓴 편지의 일부이다. 그리고 소설 〈백치〉의 주인공 므이쉬킨 공작은 도스토옙스키가 그토록 그리고 싶어했던 '절대적으로 아름다운 그리스도'를 형상화한 인물이었다. 대체 도스토옙스키가 그리던 절대적으로 아름다운 존재는 소설 속에서 어떤 모습으로 나타났을까.

〈백치〉는 〈죄와 벌〉, 〈미성년〉, 〈카라마조프가의 형제들〉, 〈악령〉과 더불어 도스토옙스키의 5대 장편 중 하나로,

도스토옙스키 작품 중 유일하게 해외에서 구상과 집필이 시작되고 완성되었다. 구상은 1867년 스위스 제네바에서 시작했고 1868년 1월 〈러시아 통보〉지에 연재를 시작했으며 1869년 1월에 작품을 완성했다. 그래서인지 소설의 주인공 므이쉬킨 공작의 여정은 제네바로부터 페테르부르크로 돌아오는 기차 안에서 시작된다. 므이쉬킨 공작의 '그리스도 형상화'는 첫 장면에서부터 나타난다. 로고진은 기차에서 그를 처음 만난 자리에서 이렇게 말한다.

> "공작, 당신은 천상 유로지비(바보 성자)인데, 신은 당신 같은 사람을 사랑하죠."

해외에서 고국으로 돌아오면서 어디서 어떻게 살 지 아무런 대책이 없는 그는 순수한 건지 멍청한 건지 도무지 알 수가 없다. 하지만 그의 말과 행동을 살펴보면 성경에서 보았던 예수 그리스도의 모습이 언뜻언뜻 떠오른다.

> "…제가 완전히 어린아이와 다름없으며 키와 얼굴만 성인이지 마음, 성격, 지능은 전혀 성장하지 않았고 제가 60살까지 살아도 계속 어린아이처럼 지낼 거라 확신한다고 말했습니다. (중략) 저는 왠지 모르게 성인들과 함께 있는 것이 힘들었고 제가 그들로부터 해방되어 제 친구들(아이들)에게 달려갈 수 있다면 뛸 듯이 기뻤는

데 그건 제가 어린 아이라서가 아니라 아이들에게 끌렸기 때문입니다…"

상트페테르부르크로 돌아온 므이쉬킨은 스위스에서의 추억을 되짚으며 아이들과 있을 때 가장 행복했다던 자신의 이야기를 늘어놓는다. 아이들을 사랑한 그리스도의 모습이 겹쳐 보인다.

이렇듯 므이쉬킨 공작은 인간의 가장 선한 면을 가진 인물로 그려졌다. 그는 '백치에 가까운 상태'가 될 정도로 심각한 병을 앓았는데 여기서 '백치'라는 단어는 축복받은 자, 다른 사람들과는 구별된다는 의미를 내포하고 있다. 이밖에 소설 곳곳에 므이쉬킨 공작이라는 인물 속에는 '돈키호테'의 모습, 아글라야가 언급하듯 푸쉬킨의 '가난한 기사'의 모습도 들어가 있다.

소설의 주된 사건은 통속적인 로맨스 스캔들이다. 절세미인 나스타시야 필리포브나를 둘러싼 일련의 사건들은 내연 관계, 정략 결혼, 삼각관계, 사각관계, 도주, 싸움으로 치닫다가 결국은 살인이라는 비극으로 막을 내린다.

여자 주인공 나스타시야 필리포브나는 순진한 어린 시절

토츠키라는 대부호에게 성적으로 유린당해 그의 정부가 되었다. 그러던 어느 날 토츠키는 예판친 장군의 여식에게 장가를 들고 싶어한다. 나스타시야 필리포브나는 이렇게 자신을 헌신짝처럼 버리려는 토츠키에게 분노하고 그의 결혼을 훼방 놓는다고 협박한다. 이에 예판친 장군과 토츠키는 그녀를 달래려 그녀에게 지참금을 주며 가브릴라(가냐)와 결혼하라고 회유한다. 그녀는 이들을 비웃으며 자신에게 반한 로고진과 떠나서 방탕한 생활을 한다. 하지만 자신의 영혼을 진심으로 사랑해 주는 므이쉬킨 공작을 잊지 못해 둘 사이에서 갈팡질팡한다. 결국 그녀를 완전히 소유하지 못해 분노한 로고진은 그녀를 죽이고 므이쉬킨 공작은 이전보다 상태가더욱 악화되어 스위스로 또다시 요양을 간다.

그리스도의 닮은꼴이라는 므이쉬킨은 실제로 그 어떤 문제도 해결하지 못하고 그 누구도 구원하지 못한다. 그러나 그와 만난 사람들은 선량함, 고결함, 이해심이라는 한 줄기의 빛을 받게 된다.

도스토옙스키는 작품에 자신의 삶의 흔적을 남겨두는 경우가 많았다. 〈백치〉에서는 사형선고를 받아 총살 직전까지 갔다가 사면되었던 잔인한 '사형극' 경험을 므이쉬킨 공작의 입을 통해 생생히 들려준다. '사형당할 뻔했던 아찔한 경험

담'을 실제로는 쓸 수가 없어 소설 속에서라도 본인이 느꼈던 감정을 토로한 느낌이다. (당시 러시아 황제였던 니콜라이 1세는 정치범들을 통제하는 방법으로 사형을 선고했다가 형집행 직전에 사형을 취소하는 '사형극'을 자주 이용했다고 한다.)

"…이 사람은 다른 사람들과 함께 정치범으로써 사형선고를 받았습니다. 그런데 20분쯤 후에 사면령이 내려졌고, 다른 형벌로 바뀌었습니다. 하지만 사형선고와 사면령 사이 그 20분 동안 몇 분 후면 죽을 것이란 확신을 했지요. (중략) 신부님이 십자가를 들고 모든 죄수들 사이를 돌아 다녔습니다. 시간이 5분도 채 안 남은 것 같았습니다. 그는 이 5분이 그에게는 영겁의 시간 같았으며 너무나 큰 자산 같았다고 말했습니다. 이 5분이란 시간이 너무 긴 시간처럼 느껴져 이 순간이 마지막이란 생각조차 할 수 없던 것입니다. 그는 동료들과 이별할 시간 2분, 자기 자신에 대해 마지막으로 돌아볼 시간 2분, 그리고 마지막으로 주변을 돌아볼 시간을 남겨놓기 위해 시간을 나누어 놓았습니다. (중략) 그는 왜 일이 이렇게 되었는지 그려 보고 싶었습니다. 지금 이렇게 살아 있는데, 3분 후면 다른 존재 혹은 다른 인물인지 무엇인지가 될 것이다. 무엇이 될 것인가?…"

도스토옙스키는 자신이 좋아하는 그림을 소설의 대표작

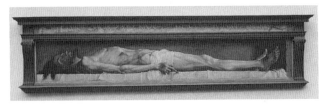
한스 홀바인의 〈무덤 속의 그리스도〉

으로 만들기도 한다. 도스토옙스키는 독일 화가 한스 홀바인의 '무덤 속의 그리스도'를 좋아했는데 바젤 미술관을 방문해서 그림을 직접 감상한 후 소설에 등장시킨다.

> "그래 이건… 한스 홀바인의 복제품이군." 공작이 말했다. "내가 이 분야 전문가는 아니지만 훌륭한 복제품 같네. 해외에서 이 작품을 봤는데 잊을 수가 없더군."

로고진의 음침한 집에서 므이쉬킨 공작은 한스 홀바인의 그림 〈무덤 속의 그리스도〉의 모작을 보고 불길한 예감을 느낀다. 이 그림은 소설의 가장 핵심적 키워드인 믿음과 불신의 테마와 연관되어 있다. 만약 한스 홀바인의 그림에 묘사된 것처럼 죽음이 피할 수 없는 것이라면 어떻게 구세주의 부활을 믿을 수 있겠냐는 것이다.

> "그래, 이 그림을 보면 신앙이 사라지겠군!" "사라지지." 갑자기 로고진이 예기치 못하게 확신했다.…

이밖에도 〈백치〉에는 인간의 본성에 대해 생각할 만한 흥미로운 포인트가 많다. 이 작품은 도스토옙스키의 다른 소설에 비해 희미하고 불확실한 느낌 때문에 어렵게 느껴질 수도 있다. 그러나 읽으면 읽을수록 도스토옙스키가 이 작품을 정말 사랑했다는 점을 느낄 수 있는 매력적인 작품이다.

앞서 언급했듯 도스토옙스키는 〈백치〉를 해외에서 모두 구상하고 집필하였으며, 두 번째 부인 안나와 결혼하자마자 해외로 떠나서 쓰게 된 작품이다. 집필 기간 동안 그는 안나와의 사이에서 딸 소냐를 낳았으나 소냐는 3개월 만에 세상을 떠났다. 그래서 이 시기는 그가 인생에서 큰 슬픔을 경험한 때이기도 하다. 이후 도스토옙스키는 딸을 잃은 슬픔을 잊기 위해 다른 도시들을 전전하다가 피렌체에서 〈백치〉의 작업을 모두 마쳤다. 〈백치〉 이후에는 도스토옙스키 부부는 독일 드레스덴으로 이사해 둘째 딸 류바를 낳고 그곳에서 소설 〈악령〉을 쓰기 시작해 러시아에서 완성했다.

*참고자료: 상트페테르부르크 소재 '도스토옙스키 문학 기념관' 해설 일부 참고.

표도르 도스토옙스키 연보

1821년   모스크바의 자선 병원 의사인 미하일 안드레예비치의 7남매
               중 둘째로 태어남.

1834년(13세)   형 미하일과 함께 체르마크 중등학교 입학.

1838년(17세)   페테르부르크 공병학교에 입학.

1839년(18세)   아버지가 영지 다로보예에서 농노들에게 살해됨.

1842년(21세)   소위로 승진.

1843년(22세)   공병학교 졸업 후 페테르부르크의 육군성에 근무. 발자크의
               소설 『으제니 그랑데』 번역.

1845년(24세)   『가난한 사람들』 원고를 그리고로비치를 통해 벨린스키, 네크
               라소프에게 보여 주고 호평받음.

1846년(25세)   『가난한 사람들』을 『페테르부르크 문집』에 발표하고 연이어
               『분신』, 『프로하르친 씨』 발표.

1847년(26세)   「아홉 통의 편지로 된 소설」을 『동시대인』에 발표. 페트라솁스
               키 써클에 참석. 「여주인」을 『동시대인』에 발표.

1848년(27세)   「남의 아내」, 「약한 마음」, 「정직한 도둑」, 「크리스마스 파티와

결혼식」 등의 단편과 「백야」를 『조국 수기』에 발표.

1849년(28세)   미완의 장편인 『네토치카 네즈바노바』를 『조국 수기』에 발표. 4
월 페트라솁스키 써클에서 벨린스키의 "고골에게 보내는 편지"
를 낭독하고, 이로 인해 4월 23일 체포되어 페트로파블롭스
크 요새에 수감되어 사형을 선고받음. 12월 세묘노프 광장에
서 사형 집행 도중 사면되어 4년의 시베리아 수형과 4년의 군
복무를 언도받음.

1850년(29세)   옴스크 감옥에 수감됨.

1854년(33세)   감옥에서 풀려나 세미파라틴스크에서 사병으로 복무. 마리야
이사예바를 만나 교제 시작.

1857년(36세)   마리야 이사예바와 결혼.

1859년(38세)   페테르부르크로 이주. 희극 소설 『아저씨의 꿈』과 『스테판치코
보 마을 사람들』 발표.

1861년(40세)   형 미하일과 함께 잡지 『시대』를 발간하고 자신의 소설 『상처받
은 사람들』 연재. 자신의 유형 생활을 토대로 한 소설 『죽음의
집의 기록』 발표.

1862년(41세)   독일, 프랑스, 영국을 방문하며 게르첸, 바쿠닌 등의 러시아
사상가들을 만남.

1863년(42세)   유럽 여행에 대한 인상을 『여름 인상에 관한 겨울 메모』를 통
해 발표. 잡지 『시대』가 폐간됨.

1864년(43세)   잡지 『세기』 발간, 장편 『지하로부터의 수기』 발표. 아내가 폐병
으로 사망하고 3개월 뒤 형 미하일 사망.

1865년(44세)	재정난으로 잡지『세기』정간.
1866년(45세)	『죄와 벌』발표. 바덴바덴에서의 도박 경험을 토대로 소설『도박자』탈고. 속기사인 안나 그리고리예브나에게 자신이 구술하는『도박자』를 속기하도록 함. 안나 그리고리예브나에게 청혼.
1867년(46세)	안나 그리고리예브나와 결혼하고 유럽을 여행하며 드레스덴, 제네바, 플로렌스 등에 거주.
1868년(47세)	첫 딸 소피야가 제네바에서 사망.
1869년(48세)	장편『백치』완성. 드레스덴에서 둘째 딸 류보프 탄생.
1870년(49세)	『영원한 남편』발표.
1871년(50세)	페테르부르크로 돌아와서 『러시아 소식』에 『악령』발표. 첫 아들 표도르 탄생.
1875년(54세)	『미성년』발표. 둘째 아들 알료샤 탄생.
1876년(55세)	『온순한 여자』발표.
1877년(56세)	『우스운 인간의 꿈』발표.
1878년(57세)	세 살이던 아들 알료샤가 간질로 사망. 철학자 솔로비요프와 함께 옵티나 푸스틴 수도원 방문함.
1879년(58세)	『카라마조프가의 형제들』발표 시작, 이듬해 단행본으로 완성.
1880년(59세)	푸쉬킨 동상 제막 연설에서 슬라브 민족의 단결을 역설하여 좋은 반응 얻음.
1881년(60세)	1월 폐기종 파열로 사망. 알렉산드르 넵스키 수도원에 영면.

지은이   표도르 도스토옙스키

　　표도르 미하일로비치 도스토옙스키(1821~1881)는 러시아 사실주의 작가이자 사상가, 인문주의자이다. 1921년 10월 30일 모스크바에서 의사의 아들로 태어났으며 상트페테르부르크 소재 공병사관학교에서 교육을 받았다. 1941년 장교가 되었고 1843년 사관학교를 졸업한 후 상트페테르부르크 공병국에서 근무하기 시작하였으며 1844년 퇴역하였다.

　　1845년 도스토옙스키의 처녀작 중편소설 '가난한 사람들'은 문학 잡지 '조국 수기'에 출간되었으며, 비평가들로부터 호평을 받았다. 이후에도 관료들의 삶에 관한 여러 중편 소설들이 출간된다.

　　작가 도스토옙스키는 사회 공동체 내부의 사회적 변화가능성에 관심을 가지며, 사회주의 이념을 연구하는 문학모임에 참여한다. 1849년 12월 21일 동 문학모임에 참여했다는 이유로 사형 선고를 받았으나, 선고가 변경되어 4년간 시베리아 유형을 떠난다. 1856년 러시아로 돌아왔다. 유배 생활 후 발간된 초기 작품들은 '아저씨의 꿈'과 '스체판치코보 마을' 이다.

　　1860년부터 도스토옙스키는 상트페테르부르크에서 거주하였고 1861년 형과 월간지 '시대'를 창간하여 시베리아에서의 삶을 그린 장편소설 '상처받은 사람들'과 '죽음의 집으로부터의 수기'를 발표한다. 하지만 1863

년 잡지는 출간 금지를 당하게 된다.

이후 작가는 국외에서 장편소설 '죄와 벌'(1866), '백치'(1868), '악령'(1871~1872)을 발표하였다. 1873년부터 잡지 '시민'의 편집장을 지내며 '시민' 잡지에 '작가 일기'를 발표한다. 1875년에 장편소설 '미성년'을 게재하였고, 1876~1878년에는 '작가 일기'를 별도의 책으로 발표한다. 1979년에는 장편소설 '카라마조프 가의 형제들'이 출간되었다.

도스토옙스키는 1881년 1월 28일 사망하였으며, 알렉산드로-넵스카야 대수도원에 안장되었다.

도스토옙스키의 장편 소설은 인간의 심연을 심도 있게 풀어내고 있으며, 쉽게 볼 수 없는 심리 분석의 표본들이다.

작가 도스토옙스키는 평생 동안 인간 내부에 있는 '인간'의 본성을 탐구했다. 도스토옙스키는 인간이란 단순히 어떤 영향력에 대해 반응하기만 하는 '피아노 건반'에 불과한 것이 아니라고 믿었다. 인간은 태생적으로 선과 악을 구분할 줄 알며, 그 사이에서 주체적으로 선택을 하고 그러한 선택을 통해 성장할 줄 아는 존재라는 것이다.

옮긴이 　김인경

고려대학교 서양사학과(노어노문학과 이중전공)를 졸업하고 한국외국어대학교 통번역대학원 한노과에서 석사학위를 받았으며, 상트페테르부르크 국립대학교 박사 과정(국제관계학) 중이다. 러시아 가이드북 『러시아 여행』(산호와 진주, 2004)의 공동 저자로 참여했다. 대학교 학부 시절 우연히 도스토옙스키 수업을 듣고 원서로 도스토옙스키 책을 읽는 꿈을 갖고 러시아어를 배우기 시작했다. 현재 러시아 상트페테르부르크에 거주 중이며, 러시아 발레에 관심이 많아 2020~2021년 김기민 마린스키 발레단 수석 무용수와 인터뷰한 내용을 「백야의 별, 김기민과 발레를 사랑한 시간」 시리즈로 네이버 공연전시 게시판에 연재하였다.

가볍게 읽는 도스토옙스키의 5대 걸작선

백치

초판 인쇄 2023년 7월 25일
초판 발행 2023년 7월 31일

지은이 표도르 도스토옙스키
옮긴이 김인경
펴낸이 김선명

펴낸곳 뿌쉬낀하우스
편집 박서현
디자인 김율하
주소 서울시 중구 퇴계로20나길 10, 2층(남산동2가, 신화빌딩)
전화 02)2237-9387
팩스 02)2238-9388
이메일 book@pushkinhouse.co.kr
홈페이지 www.pushkinhouse.co.kr
출판등록 2004년 3월 1일 제 2004-0004호

ISBN 979-11-7036-081-0 (03890)

*잘못된 책은 바꿔드립니다.

Классика Льва Толстого

레프 톨스토이 클래식

톨스토이 클래식은 톨스토이의 가치관을
한눈에 담아 볼 수 있는 톨스토이즘의 집약체로서
소장 가치를 올려주는 러시아 전문가들의
정확하고 품격 있는 번역본입니다.

톨스토이 클래식은 레프 톨스토이의 문학작품뿐만 아니라
그간 국내에 출간되지 않았던 사회 평론, 종교적 테마의 작품들까지 총망라하여
새롭게 선보이는 레프 톨스토이 전집 시리즈입니다.